O ALQUIMISTA

PAULO COELHO

O ALQUIMISTA

pa ra le la

Publicado mediante acordo com Sant Jordi Asociados Agencia Literaria SLU, Barcelona, Espanha.

A Editora Paralela é uma divisão da Editora Schwarcz S.A.

Grafia atualizada segundo o Acordo Ortográfico da Língua Portuguesa de 1990, que entrou em vigor no Brasil em 2009.

CAPA Laura Beers e Michele Wetherbee

ILUSTRAÇÃO DE CAPA E LETTERING DO TÍTULO Jim Tierney

REVISÃO Nana Rodrigues

Dados Internacionais de Catalogação na Publicação (CIP)
(Câmara Brasileira do Livro, SP, Brasil)

Coelho, Paulo, 1947-
O alquimista / Paulo Coelho. — 1ª ed. — São Paulo : Paralela, 2017.

ISBN 978-85-8439-067-0

1. Ficção brasileira I. Título.

17-02900 CDD-869.3

Índice para catálogo sistemático:
1. Ficção : Literatura brasileira 869.3

23ª reimpressão

EDITORA SCHWARCZ S.A.
Rua Bandeira Paulista, 702, cj. 32
04532-002 — São Paulo — SP
Telefone: (11) 3707-3500
editoraparalela.com.br
atendimentoaoleitor@editoraparalela.com.br
facebook.com/editoraparalela
instagram.com/editoraparalela
twitter.com/editoraparalela

Para J.,
Alquimista que conhece
e utiliza os segredos
da Grande Obra.

"Ó Maria, concebida sem pecado, rogai por nós,
que recorremos a Vós." Amém.

Indo eles pelo caminho, entraram em um certo povoado. E certa mulher, chamada Marta, hospedou Jesus em sua casa.

Tinha ela uma irmã, chamada Maria, que se sentou aos pés do Senhor e ficou ouvindo seus ensinamentos.

Marta agitava-se de um lado para outro, ocupada em muitos serviços. Então aproximou-se de Jesus e disse:

— Senhor! Não te importas de que eu fique a servir sozinha? Ordena a minha irmã que venha ajudar-me!

Respondeu-lhe o Senhor:

— Marta! Marta! Andas inquieta e te preocupas com muitas coisas. Maria, entretanto, escolheu a melhor parte, e esta não lhe será tirada.

Lucas 10,38-42

Antes de começar

É importante dizer alguma coisa sobre o fato de *O Alquimista* ser um livro simbólico, diferente de *O diário de um mago*, que foi um trabalho de não ficção.

Durante onze anos de minha vida estudei Alquimia. A simples ideia de transformar metais em ouro ou de descobrir o Elixir da Longa Vida já era fascinante demais para passar despercebida a qualquer iniciante em Magia. Confesso que o Elixir da Longa Vida me seduzia mais: antes de entender e sentir a presença de Deus, a ideia de que tudo ia acabar um dia era desesperadora. De maneira que, ao saber da possibilidade de obter um líquido capaz de prolongar por muitos anos minha existência, resolvi dedicar-me de corpo e alma à sua fabricação.

Era uma época de grandes transformações sociais — o começo dos anos 70 — e não havia ainda publicações sérias a respeito de Alquimia. Comecei, como um dos personagens do livro, a gastar o pouco dinheiro que tinha na compra de livros importados e passava horas estudando sua simbologia complicada. Procurei duas ou três pessoas no Rio de Janeiro que se dedicavam seriamente à Grande Obra, e elas se recusaram a me receber. Conheci também muitas outras que se diziam alquimistas, possuíam seus laboratórios e prometiam me ensinar os segredos da Arte em troca de verdadeiras fortunas. Hoje entendo que elas nada sabiam daquilo que pretendiam ensinar.

Mesmo com toda a minha dedicação, os resultados eram absolutamente nulos. Não acontecia nada do que os manuais de Alquimia afirmavam em sua complicada linguagem. Era um sem-fim de símbolos, de dragões, leões, sóis, luas e mercúrios, e eu sempre tinha a impressão de estar no caminho errado, porque a linguagem simbólica permite uma gigantesca margem de equívocos. Em 1973, já desesperado com a ausência de progresso, cometi uma suprema irresponsabilidade. Nessa época eu fora contratado pela Secretaria de Educação de Mato Grosso para dar aulas de teatro naquele estado e resolvera utilizar meus alunos em laboratórios teatrais que tinham como tema a Tábua da Esmeralda. Essa atitude, aliada a algumas incursões minhas nas áreas pantanosas da Magia, fez com que no ano seguinte eu experimentasse na própria carne a verdade do provérbio: “Aqui se faz, aqui se paga”. Tudo a minha volta ruiu por completo.

Passei os seis anos seguintes de minha vida numa atitude bastante cética com relação a tudo o que dissesse respeito à área mística. Nesse exílio espiritual, aprendi muitas coisas importantes: que só aceitamos uma verdade quando primeiro a negamos do fundo da alma, que não devemos fugir de nosso próprio destino e que a mão de Deus é infinitamente generosa, apesar de Seu rigor.

Em 1981, conheci RAM e o meu Mestre, que iria conduzir-me de volta ao caminho que está traçado para mim. E enquanto ele me treinava em seus ensinamentos, voltei a estudar Alquimia por minha própria conta. Certa noite, enquanto conversávamos depois de uma exaustiva sessão de telepatia, perguntei por que a linguagem dos alquimistas era tão vaga e tão complicada.

— Existem três tipos de alquimistas — disse meu Mestre. — Aqueles que são vagos porque não sabem o que estão falando; aqueles que são vagos porque sabem o que estão falando, mas sabem também que a linguagem da Alquimia é uma linguagem dirigida ao coração, e não à razão.

— E qual o terceiro tipo? — perguntei.

— Aqueles que jamais ouviram falar em Alquimia, mas que conseguiram, através de suas vidas, descobrir a Pedra Filosofal.

E, com isso, meu Mestre — que pertencia ao segundo tipo — resolveu me dar aulas de Alquimia. Descobri que a linguagem simbólica, que tanto me irritava e me desnorteava, era a única maneira de se atingir a Alma do Mundo, ou o que Jung chamou de "inconsciente coletivo". Descobri a Lenda Pessoal e os Sinais de Deus, verdades que meu raciocínio intelectual se recusava a aceitar por causa de sua simplicidade. Descobri que atingir a Grande Obra não é tarefa de poucos, mas de todos os seres humanos sobre a face da Terra. É claro que nem sempre a Grande Obra vem sob a forma de um ovo e de um frasco com líquido, mas todos nós podemos — sem sombra de dúvida — mergulhar na Alma do Mundo.

Por isso, *O Alquimista* é também um texto simbólico. No decorrer de suas páginas, além de transmitir tudo o que aprendi a respeito, procuro homenagear grandes escritores que conseguiram atingir a Linguagem Universal: Hemingway, Blake, Borges (que também utilizou a história persa para um de seus contos), Malba Tahan, entre outros.

Para completar este extenso prefácio e ilustrar o que meu Mestre queria dizer com o terceiro tipo de alquimistas, vale a pena recordar uma história que ele mesmo me contou no seu laboratório.

Nossa Senhora, com o Menino Jesus nos braços, resolveu descer à Terra e visitar um mosteiro. Orgulhosos, todos os padres fizeram uma grande fila e cada um chegava diante da Virgem para prestar-lhe homenagem. Um declamou belos poemas, outro mostrou suas iluminuras para a Bíblia, um terceiro disse o nome de todos os santos. E assim, um após outro, os monges homenagearam Nossa Senhora e o Menino Jesus.

No último lugar da fila havia um padre, o mais humilde do convento, que nunca tinha aprendido os sábios textos da época. Seus pais eram pessoas simples, que trabalhavam num velho circo das redondezas, e tudo o que lhe haviam ensinado era atirar bolas para cima e fazer alguns malabarismos.

Quando chegou sua vez, os outros padres quiseram encerrar as homenagens, porque o antigo malabarista não tinha nada de importante a dizer e podia desmoralizar a imagem do convento. Entretanto, no fundo do seu coração, também ele sentia uma imensa necessidade de dar alguma coisa de si para Jesus e a Virgem.

Envergonhado, sentindo o olhar reprovador dos irmãos, ele tirou algumas laranjas do bolso e começou a jogá-las para cima, em números de malabarismo, que era a única coisa que sabia fazer.

Foi só nesse instante que o Menino Jesus sorriu e começou a bater palmas no colo de Nossa Senhora. E foi para ele que a Virgem estendeu os braços, deixando que segurasse um pouco o menino.

O Alquimista pegou um livro que alguém na caravana havia trazido. O volume estava sem capa, mas conseguiu identificar seu autor: Oscar Wilde. Enquanto folheava suas páginas, encontrou uma história sobre Narciso.

O Alquimista conhecia a lenda de Narciso, um belo rapaz que todos os dias ia contemplar sua própria beleza num lago. Era tão fascinado por si mesmo que certo dia caiu dentro d'água e morreu afogado. No lugar onde caiu, nasceu uma flor, que chamaram de narciso.

Mas não era assim que Oscar Wilde acabava a história.

O autor dizia que, quando Narciso morreu, vieram as Oréiades — deusas do bosque — e viram o lago transformado, de um enorme espelho de água doce em um cântaro de lágrimas salgadas.

— Por que você chora? — perguntaram as Oréiades.

— Choro por Narciso — disse o lago.

— Ah, não nos espanta que você chore por Narciso — continuaram elas. — Afinal de contas, apesar de todas nós sempre corrermos atrás dele pelo bosque, você era o único que tinha a oportunidade de contemplar de perto sua beleza.

— Mas Narciso era belo? — perguntou o lago.

— Quem mais do que você poderia saber disso? — responderam, surpresas, as Oréiades. — Afinal de contas, era em suas margens que ele se debruçava todos os dias.

O lago ficou algum tempo quieto. Por fim, disse:

— Eu choro por Narciso, mas jamais havia percebido que ele era belo.

"Choro por Narciso porque todas as vezes que ele se debruçava sobre minhas margens eu podia ver, no fundo dos seus olhos, minha própria beleza refletida."

"Que bela história", disse o Alquimista.

PAULO COELHO

PRIMEIRA PARTE

O RAPAZ CHAMAVA-SE SANTIAGO. Estava começando a escurecer quando chegou com seu rebanho diante de uma velha igreja abandonada. O teto tinha despencado há muito tempo e um enorme sicômoro havia crescido no local que antes abrigava a sacristia.

Resolveu passar a noite ali. Fez com que todas as ovelhas entrassem pela porta em ruínas e então colocou algumas tábuas de modo que elas não pudessem fugir durante a noite. Não havia lobos naquela região, mas certa vez um animal tinha escapado durante a noite e ele gastara todo o dia seguinte procurando a ovelha desgarrada.

Forrou o chão com seu casaco e deitou-se, usando como travesseiro o livro que acabara de ler. Lembrou-se, antes de dormir, que precisava começar a ler livros mais grossos: demoravam mais para acabar e eram travesseiros mais confortáveis durante a noite.

Ainda estava escuro quando acordou. Olhou para cima e viu que as estrelas brilhavam através do teto semidestruído.

"Queria dormir um pouco mais", pensou ele. Tivera o mesmo sonho da semana passada, e outra vez acordara antes do desfecho.

Levantou-se e tomou um gole de vinho. Depois pegou o cajado e começou a acordar as ovelhas que ainda dormiam. Ele havia reparado que, assim que acordava, a maior parte dos animais também começava a despertar. Como se houvesse alguma energia misteriosa unindo sua vida à vida daquelas ovelhas que há dois anos percorriam com ele a terra, em busca de água e alimento. "Elas já se acostumaram tanto a mim que conhecem meus horários", disse em voz baixa. Refletiu um momento e ponderou que podia ser também o contrário: talvez ele houvesse se acostumado ao horário das ovelhas.

Certas ovelhas, porém, demoravam um pouco mais para levantar. O rapaz acordou uma a uma com seu cajado, chamando cada qual pelo nome. Sempre acreditara que as ovelhas eram capazes de entender o que ele dizia. Por isso costumava às vezes ler para elas trechos de livros que o haviam impressionado, ou falar da solidão e da alegria de um pastor no campo, ou comentar sobre as últimas novidades que via nas cidades por onde costumava passar.

Nos últimos dois dias, contudo, seu assunto tinha sido praticamente um só: a menina, filha do comerciante, que morava na cidade aonde ia chegar em quatro dias. Estivera apenas uma vez lá, no ano anterior. O comerciante era dono de uma loja de tecidos e gostava sempre de ver as ovelhas tosquiadas na sua frente, para evitar falsificações. Um certo amigo havia indicado a loja e o pastor levou lá suas ovelhas.

“Preciso vender alguma lã”, disse para o comerciante.

A loja estava cheia, e o homem pediu que o pastor esperasse até o entardecer. Ele sentou-se na calçada e tirou um livro do alforje.

— Não sabia que os pastores eram capazes de ler livros — disse uma voz feminina ao seu lado.

Era uma moça típica da região da Andaluzia, com cabelos negros escorridos e olhos que lembravam vagamente os antigos conquistadores mouros.

— É porque as ovelhas ensinam mais que os livros — respondeu o rapaz. Ficaram conversando por mais de duas horas. Ela contou que era filha do comerciante e falou da vida na aldeia, onde cada dia era igual ao outro. O pastor contou dos campos da Andaluzia, das últimas novidades que viu nas cidades por onde passara. Estava contente por não precisar conversar sempre com as ovelhas.

— Como aprendeu a ler? — perguntou a moça a certa altura.

— Como todas as outras pessoas — respondeu o rapaz. — Na escola.

— E, se sabe ler, então por que é apenas um pastor?

O rapaz deu uma desculpa qualquer para não responder àquela pergunta. Ele tinha certeza de que a moça jamais entenderia. Continuou a contar suas histórias de viagem, e os pequenos olhos mouros abriam-se e fechavam-se de espanto e surpresa. À medida que o tempo foi passando, o rapaz começou a desejar que aquele dia não acabasse nunca, que o pai da moça ficasse ocupado por muito tempo e o mandasse esperar por três dias. Percebeu que estava sentindo uma coisa que nunca havia sentido antes: vontade de ficar morando numa mesma cidade para sempre. Com a menina de cabelos negros, os dias nunca seriam iguais.

Mas o comerciante finalmente chegou e mandou que ele tosquiasse quatro ovelhas. Depois, pagou-lhe o que era devido e pediu que voltasse no ano seguinte.

AGORA FALTAVAM APENAS QUATRO DIAS para chegar de novo àquela aldeia. Estava excitado e ao mesmo tempo inseguro: talvez a menina já o tivesse esquecido. Por ali passavam muitos pastores para vender lã.

— Não tem importância — disse o rapaz a suas ovelhas. — Eu também conheço outras meninas em outras cidades.

Mas, no fundo do seu coração, ele sabia que tinha importância. E que tanto os pastores como os marinheiros, ou os caixeiros-viajantes, sempre conheciam uma cidade onde havia alguém capaz de fazer com que esquecessem a alegria de viajar solto pelo mundo.

O DIA RAIAVA E O PASTOR TRATOU de guiar as ovelhas na direção do sol. "Elas nunca precisam tomar uma decisão", pensou ele. "Talvez por isso fiquem sempre junto de mim." A única necessidade que as ovelhas tinham era de água e comida. Enquanto o rapaz conhecesse os melhores pastos da Andaluzia, elas seriam sempre suas amigas. Mesmo que os dias fossem todos iguais, com longas horas se arrastando entre o nascer e o pôr do sol; mesmo que elas jamais tivessem lido um só livro em suas curtas vidas e não conhecessem a língua dos homens que contavam as novidades nas aldeias. Elas estavam contentes com água e comida, e isto bastava. Em troca, ofereciam generosamente sua lã, sua companhia e — de vez em quando — sua carne.

"Se hoje eu me tornasse um monstro e resolvesse matar uma por uma, elas só iam perceber depois que quase todo o rebanho tivesse sido exterminado", pensou o rapaz. "Porque confiam em mim, e se esqueceram de confiar nos seus próprios instintos. Só porque as conduzo ao alimento e à água."

O rapaz começou a estranhar seus próprios pensamentos. Talvez a igreja, com aquele sicômoro crescendo dentro, fosse mal-assombrada. Tinha feito com que sonhasse um mesmo sonho pela segunda vez, e estava lhe dando uma sensação de raiva contra suas companheiras, sempre tão fiéis. Bebeu um pouco de vinho que havia sobrado do jantar na noite anterior, e apertou o casaco contra o corpo. Ele sabia que em poucas horas, com o sol a pino, o calor seria tão forte que não ia poder conduzir as ovelhas pelo campo. Era a hora que toda a Espanha dormia no verão. O calor durava até a noite, e durante todo esse tempo ele tinha que ficar carregando o casaco. Entretanto, quando pensava em reclamar do peso, sempre lembrava que por causa dele não havia sentido frio de manhã.

"Temos que estar sempre preparados para as surpresas do tempo", pensava então ele, e sentia-se grato pelo peso do casaco.

O casaco tinha um motivo, e o rapaz também. Em dois anos pelas planícies da Andaluzia ele já sabia de cor todas as cidades da região, e esta era a grande razão dc sua vida: viajar. Estava planejando explicar desta vez à menina por que um simples pastor sabe ler: havia estado até os dezesseis anos num seminário. Seus pais queriam que ele fosse padre — motivo de orgulho para uma simples família camponesa que trabalhava apenas em troca de água e comida, como suas ovelhas. Estudou latim, espanhol e teologia. Mas desde criança sonhava em conhecer o mundo, e isto era muito mais importante do que conhecer Deus ou os pecados dos homens. Certa tarde, ao visitar a família, havia tomado coragem e dito a seu pai que não queria ser padre. Queria viajar.

— Homens de todo o mundo já passaram por esta aldeia, filho — disse o pai. — Vêm em busca de coisas novas, mas continuam as mesmas pessoas. Vão até o morro conhecer o castelo e acham que o passado era melhor que o presente. Têm cabelos louros ou pele escura, mas são iguais aos homens de nossa aldeia.

— Mas não conheço os castelos das terras de onde eles vêm — retrucou o rapaz.

— Esses homens, quando conhecem nossos campos e nossas mulheres, dizem que gostariam de viver para sempre aqui — continuou o pai.

— Quero conhecer as mulheres e as terras de onde eles vieram — disse o rapaz. — Porque eles nunca ficam por aqui.

— Os homens trazem a bolsa cheia de dinheiro — disse mais uma vez o pai. — Entre nós, só os pastores viajam.

— Então serei pastor.

O pai não disse mais nada. No dia seguinte deu-lhe uma bolsa com três antigas moedas de ouro espanholas.

— Achei certo dia no campo. Iam ser da Igreja, como seu dote. Compre seu rebanho e corra o mundo até aprender que nosso castelo é o mais importante e nossas mulheres são as mais belas.

E o abençoou. Nos olhos do pai ele leu também a vontade de correr o mundo. Uma vontade que ainda vivia, apesar das dezenas de anos em que ele a tentou sepultar com água, comida e o mesmo lugar para dormir toda noite.

O HORIZONTE SE TINGIU DE VERMELHO e depois apareceu o sol. O rapaz lembrou-se da conversa com o pai e sentiu-se alegre; já conhecera muitos castelos e muitas mulheres (mas nenhuma igual àquela que o esperava em dois dias). Tinha um casaco, um livro que podia trocar por outro e um rebanho de ovelhas. O mais importante, entretanto, é que todo dia realizava o grande sonho de sua vida: viajar. Quando cansasse dos campos da Andaluzia, podia vender suas ovelhas e tornar-se marinheiro. Quando cansasse do mar, teria conhecido muitas cidades, muitas mulheres, muitas oportunidades de ser feliz.

"Não sei como buscam Deus no seminário", pensou, enquanto olhava o sol nascente. Sempre que possível, buscava um caminho diferente para andar. Nunca havia estado naquela igreja antes, apesar de haver passado tantas vezes por ali. O mundo era grande e inesgotável, e se ele deixasse que as ovelhas o guiassem apenas um pouquinho, ia terminar descobrindo mais coisas interessantes. "O problema é que elas não se dão conta de que estão fazendo caminhos novos a cada dia. Não percebem que os pastos mudaram, que as estações são diferentes — porque estão apenas ocupadas com água e comida."

"Talvez seja assim com todos nós", pensou o pastor. "Mesmo comigo, que não penso em outras mulheres desde que conheci a filha do comerciante." Olhou o céu, e pelos seus cálculos estaria antes do almoço em Tarifa. Lá poderia trocar seu livro por um volume mais grosso, encher a garrafa de vinho e fazer a barba e o cabelo; tinha que estar pronto para encontrar a menina, e não queria pensar na possibilidade de outro pastor ter chegado antes dele, com mais ovelhas, para pedir sua mão.

"É justamente a possibilidade de realizar um sonho que torna a vida interessante", refletiu enquanto olhava de novo para o céu e apressava o passo. Tinha acabado de se lembrar que em Tarifa morava uma velha capaz de interpretar sonhos. E ele tinha tido um sonho repetido aquela noite.

A VELHA CONDUZIU O RAPAZ até um quarto no fundo da casa, separado da sala por uma cortina feita de tiras de plástico colorido. Lá dentro havia uma mesa, uma imagem do Sagrado Coração de Jesus e duas cadeiras.

A velha sentou-se e pediu que ele fizesse o mesmo. Depois segurou as duas mãos dele e rezou baixo.

Parecia uma reza cigana. O jovem pastor já havia encontrado muitos ciganos pelo caminho; eles viajavam e entretanto não cuidavam de ovelhas. As pessoas diziam que a vida de um cigano era sempre enganar os outros. Diziam também que eles tinham pacto com demônios e que raptavam crianças para servirem de escravas em seus misteriosos acampamentos. Quando era pequeno, o rapaz morria de medo de ser raptado pelos ciganos, e esse temor antigo voltou enquanto a velha segurava suas mãos.

"Mas existe a imagem do Sagrado Coração de Jesus", pensou ele, procurando ficar mais calmo. Não queria que sua mão começasse a tremer e a velha percebesse seu medo. Rezou um pai-nosso em silêncio.

— Que interessante — disse a velha, sem tirar os olhos da mão do rapaz. E voltou a ficar quieta.

O rapaz estava ficando nervoso. Suas mãos começaram a tremer, e a velha percebeu. Ele puxou as mãos rapidamente.

— Não vim aqui para ler as mãos — disse, já arrependido de ter entrado naquela casa. Pensou por um momento que era melhor pagar a consulta e ir-se embora sem saber de nada. Estava dando importância demais a um sonho repetido.

— Você veio saber de sonhos — respondeu a velha. — E os sonhos são a linguagem de Deus. Quando ele fala a linguagem do mundo, eu posso interpretar. Mas se ele falar a linguagem de sua alma, só você pode entender. E vou cobrar a consulta de qualquer maneira.

Mais um truque, pensou o rapaz. Entretanto, resolveu arriscar. Um pastor corre sempre o risco dos lobos ou da seca, e isto é que torna o ofício de pastor mais excitante.

— Tive o mesmo sonho duas vezes seguidas — disse. — Sonhei que estava num pasto com minhas ovelhas quando aparecia uma criança e começava a brincar com os animais. Não gosto que mexam nas minhas ovelhas, elas ficam com medo de estranhos. Mas as crianças sempre conseguem mexer com os animais sem que eles se assustem. Não sei por quê. Não sei como os animais sabem a idade dos seres humanos.

— Volte para seu sonho — disse a velha. — Tenho uma panela no fogo. Além disso, você tem pouco dinheiro e não pode tomar todo o meu tempo.

— A criança continuava a brincar com as ovelhas por algum tempo — prosseguiu o rapaz, um pouco constrangido. — E, de repente, me pegava pelas mãos e me levava até as Pirâmides do Egito.

O rapaz esperou um pouco para ver se a velha sabia o que eram as Pirâmides do Egito. Mas ela continuou quieta.

— Então, nas Pirâmides do Egito — ele falou as três últimas palavras lentamente, para que a velha pudesse entender bem —, a criança me dizia: "Se você vier até aqui, vai encontrar um tesouro escondido". E quando ela foi me mostrar o local exato, eu acordei. Nas duas vezes.

A velha permaneceu em silêncio por algum tempo. Depois tornou a pegar as mãos do rapaz e estudá-las atentamente.

— Não vou lhe cobrar nada agora — disse a velha. — Mas quero um décimo do tesouro, se você encontrá-lo.

O rapaz riu. De felicidade. Então iria economizar o pouco dinheiro que tinha, por causa de um sonho que falava em tesouros escondidos! A velha devia ser mesmo uma cigana — os ciganos são burros.

— Então interprete o sonho — pediu o rapaz.

— Antes jure. Jure que você vai me dar a décima parte do seu tesouro em troca do que eu lhe disser.

O rapaz jurou. A velha pediu-lhe que repetisse o juramento olhando para a imagem do Sagrado Coração de Jesus.

— É um sonho da Linguagem do Mundo — disse ela. — Posso interpretá-lo, e é uma interpretação muito difícil. Por isso acho que mereço minha parte no seu achado.

"A interpretação é esta: você deve ir até as Pirâmides do Egito. Nunca ouvi falar delas, mas se foi uma criança que lhe mostrou, é porque existem. Lá você encontrará um tesouro que lhe fará rico."

O rapaz ficou surpreso e depois irritado. Não precisava ter procurado a velha para isso. Finalmente lembrou-se de que não estava pagando nada.

— Para isso eu não precisava perder meu tempo — disse.

— Por isso lhe falei que seu sonho era difícil. As coisas simples são as mais extraordinárias, e só os sábios conseguem vê-las. Já que não sou sábia, tenho que conhecer outras artes, como a leitura de mãos.

— E como vou chegar ao Egito?

— Eu só interpreto sonhos. Não sei transformá-los em realidade. Por isso tenho que viver do que minhas filhas me dão.

— E se eu não chegar ao Egito?

— Eu fico sem pagamento. Não será a primeira vez.

E a velha não disse mais nada. Pediu que o rapaz saísse, pois já tinha perdido muito tempo com ele.

O RAPAZ SAIU DECEPCIONADO E DECIDIDO a nunca mais acreditar em sonhos. Lembrou-se de que tinha várias providências a tomar: foi ao armazém arranjar alguma comida, trocou seu livro por um livro mais grosso e sentou-se num banco da praça para saborear o vinho novo que havia comprado. Era um dia quente, e o vinho, por um desses mistérios insondáveis, conseguia resfriar um pouco seu corpo. As ovelhas estavam na entrada da cidade, no estábulo de um novo amigo seu. Conhecia muita gente por aquelas bandas — e por isso gostava de viajar. A gente sempre acaba fazendo amigos novos, e não precisa ficar com eles dia após dia. Quando vemos sempre as mesmas pessoas — e isto acontecia no seminário —, terminamos fazendo com que elas se tornem parte de nossa vida. E, assim, elas passam também a querer modificar nossa vida. Se a gente não for como elas esperam, ficam chateadas. Porque todas as pessoas têm uma noção exata de como devemos viver nossa vida.

E nunca têm noção de como devem viver a própria vida. Como a mulher dos sonhos, que não sabia transformá-los em realidade.

Resolveu esperar o sol baixar um pouco, antes de seguir com suas ovelhas em direção ao campo. Dentro de três dias iria estar com a filha do comerciante.

Começou a ler o livro que tinha conseguido com o padre de Tarifa. Era um livro grosso, que falava de um enterro logo na primeira página. Além disso, os nomes dos personagens eram complicadíssimos. Se algum dia escrevesse um livro, pensou ele, ia apresentar um personagem de cada vez, para que os leitores não tivessem que ficar decorando nomes.

Quando conseguiu concentrar-se um pouco na leitura — e era boa, porque falava de um enterro na neve, o que lhe transmitia uma sensação de frio debaixo daquele imenso sol —, um velho sentou-se ao seu lado e começou a puxar conversa.

— O que eles estão fazendo? — perguntou o velho, apontando para as pessoas na praça.

— Trabalhando — respondeu o rapaz, secamente, e voltou a fingir que estava concentrado na leitura. Na verdade, pensava em tosquiar as ovelhas na frente da filha do comerciante, para que ela visse como ele era capaz de fazer coisas interessantes. Já havia imaginado essa cena uma porção de vezes; em todas elas, a menina ficava deslumbrada quando ele começava a lhe explicar que as ovelhas devem ser tosquiadas de trás para a frente. Também tentava se lembrar de algumas boas histórias para contar a ela enquanto tosquiava as ovelhas. A maior parte ele tinha lido nos livros, mas iria contar como se tivesse vivido pessoalmente. Ela nunca ia saber a diferença, porque não sabia ler livros.

O velho, entretanto, insistiu. Falou que estava cansado, com sede, e pediu um gole de vinho ao rapaz. Este ofereceu-lhe a garrafa; talvez o velho ficasse quieto.

Mas o velho queria conversar de qualquer maneira. Perguntou que livro o rapaz estava lendo. Ele pensou em ser rude e mudar de banco, mas seu pai havia lhe ensinado o respeito pelos mais velhos. Então estendeu o livro para o velho, por dois motivos: primeiro, não sabia pronunciar o título. E, segundo, se o velho não soubesse ler, ele mesmo mudaria de banco para não se sentir humilhado.

— Humm... — disse o velho, examinando o volume por todos os lados, como se fosse um objeto estranho. — É um livro importante, mas é muito chato.

O rapaz ficou surpreso. O velho também lia, e já lera aquele livro. E se o livro era chato como ele dizia, ainda dava tempo de trocar por outro.

— É um livro que fala o que quase todos os livros falam — continuou o velho. — Da incapacidade que as pessoas têm de escolher seu próprio destino. E termina fazendo com que todo mundo acredite na maior mentira do mundo.

— Qual é a maior mentira do mundo? — indagou, surpreso, o rapaz.

— É esta: em determinado momento de nossa existência, perdemos o controle de nossa vida, e ela passa a ser governada pelo destino. Essa é a maior mentira do mundo.

— Comigo não aconteceu isso — disse o rapaz. — Queriam que eu fosse padre e resolvi ser pastor.

— Assim é melhor — disse o velho. — Porque você gosta de viajar.

"Ele adivinhou meu pensamento", refletiu o rapaz. O velho, entretanto, folheava o livro grosso, sem a menor intenção de devolvê-lo. O rapaz notou que ele vestia uma roupa estranha; parecia um árabe, o que não era raro naquela região. A África ficava a apenas algumas horas de Tarifa; e era só cruzar o pequeno estreito num barco. Muitas vezes apareciam árabes na cidade, fazendo compras e rezando orações estranhas várias vezes por dia.

— De onde é o senhor? — perguntou.

— De muitas partes.

— Ninguém pode ser de muitas partes — disse o rapaz. — Eu sou um pastor e estou em muitas partes, mas sou de um único lugar, de uma cidade perto de um castelo antigo. Ali foi onde nasci.

— Então podemos dizer que eu nasci em Salém.

O rapaz não sabia onde era Salém, mas não quis perguntar para não se sentir humilhado com a própria ignorância. Ficou mais algum tempo olhando a praça. As pessoas iam e vinham, e pareciam muito ocupadas.

— Como está Salém? — perguntou o rapaz, procurando alguma pista.

— Como sempre esteve.

Ainda não era uma pista. Mas sabia que Salém não ficava na Andaluzia. Senão, ele já a teria conhecido.

— E o que você faz em Salém? — insistiu.

— O que faço em Salém? — o velho pela primeira vez deu uma gostosa gargalhada. — Ora, eu sou o Rei de Salém!

As pessoas dizem coisas muito estranhas, pensou o rapaz. Às vezes é melhor estar com as ovelhas, que são caladas e apenas procuram alimento e água. Ou é melhor estar com os livros, que contam histórias incríveis sempre nas horas que a gente quer ouvir. Mas, quando a gente fala com pessoas, elas dizem certas coisas e ficamos sem saber como continuar a conversa.

— Meu nome é Melquisedec — disse o velho. — Quantas ovelhas você tem?

— O suficiente — respondeu o rapaz. O velho estava querendo saber demais sobre sua vida.

— Então estamos diante de um problema. Não posso ajudá-lo enquanto você achar que tem ovelhas suficientes.

O rapaz se irritou. Não estava pedindo ajuda. O velho é que tinha pedido vinho, conversa e livro.

— Me devolva o livro — disse. — Tenho que ir buscar minhas ovelhas e seguir adiante.

— Me dê um décimo de suas ovelhas — disse o velho. — E eu lhe ensino como chegar ao tesouro escondido.

O rapaz tornou então a lembrar-se do sonho e, de repente, tudo ficou claro. A velha não tinha cobrado nada, mas o velho — que era talvez seu marido — ia conseguir arrancar muito mais dinheiro em troca de uma informação que não existia. O velho devia ser cigano também.

Antes que o rapaz dissesse qualquer coisa, porém, o velho abaixou-se, pegou um graveto e começou a escrever na areia da praça. Quando ele se abaixou, alguma coisa brilhou no seu peito, com tanta intensidade que quase cegou o rapaz. Mas, num movimento rápido demais para alguém de sua idade, tornou a cobrir o brilho com o manto. Os olhos do rapaz voltaram ao normal e ele pôde enxergar o que o velho estava escrevendo.

Na areia da praça principal da pequena cidade, ele leu o nome do seu pai e da sua mãe. Leu a história de sua vida até aquele momento, as brincadeiras de infância, as noites frias no seminário. Leu o nome da filha do comerciante, que não sabia. Leu coisas que jamais contara a alguém, como o dia em que roubou a arma do seu pai para matar veados, ou sua primeira e solitária experiência sexual.

"Sou o Rei de Salém", dissera o velho.

— Por que um rei conversa com um pastor? — perguntou o rapaz, envergonhado e admiradíssimo.

— Existem várias razões. Mas vamos dizer que a mais importante é que você tem sido capaz de cumprir sua Lenda Pessoal.

O rapaz não sabia o que era Lenda Pessoal.

— É aquilo que você sempre desejou fazer. Todas as pessoas, no começo da juventude, sabem qual é sua Lenda Pessoal.

"Nessa época, tudo é claro, tudo é possível, e elas não têm medo de sonhar e desejar tudo aquilo que gostariam de fazer na vida. Entretanto, à medida que o tempo vai passando, uma misteriosa força começa a tentar provar que é impossível realizar a Lenda Pessoal."

O que o velho estava dizendo não fazia muito sentido para o rapaz. Mas ele queria saber o que eram "forças misteriosas"; a filha do comerciante ia ficar boquiaberta com isso.

— São as forças que parecem ruins, mas na verdade estão ensinando a você como realizar sua Lenda Pessoal. Estão preparando seu espírito e sua vontade, porque existe uma grande verdade neste planeta: seja você quem for ou o que faça, quando quer com vontade alguma coisa, é porque esse desejo nasceu na alma do Universo. É sua missão na Terra.

— Mesmo que seja apenas viajar? Ou casar com a filha de um comerciante de tecidos?

— Ou buscar um tesouro. A Alma do Mundo é alimentada pela felicidade das pessoas. Ou pela infelicidade, inveja, ciúme. Cumprir sua Lenda Pessoal é a única obrigação dos homens. Tudo é uma coisa só. E, quando você quer alguma coisa, todo o Universo conspira para que você realize seu desejo.

Durante algum tempo ficaram em silêncio, olhando a praça e as pessoas. Foi o velho quem falou primeiro.

— Por que você cuida de ovelhas?

— Porque gosto de viajar.

Ele apontou um pipoqueiro, com sua carrocinha vermelha, que estava num canto da praça.

— Aquele pipoqueiro também sempre desejou viajar, quando criança. Mas preferiu comprar uma carrocinha de pipoca, juntar dinheiro durante anos. Quando estiver velho, vai passar um mês na África. Jamais entendeu que a gente sempre tem condições de fazer o que sonha.

— Devia ter escolhido ser pastor — pensou em voz alta o rapaz.

— Ele pensou nisso — disse o velho. — Mas os pipoqueiros são mais importantes que os pastores. Os pipoqueiros têm uma casa, enquanto os pastores dormem ao relento. As pessoas preferem casar suas filhas com pipoqueiros a casá-las com pastores.

O rapaz sentiu uma pontada no coração, pensando na filha do comerciante. Em sua cidade devia haver um pipoqueiro.

— Enfim, o que as pessoas pensam sobre pipoqueiros e sobre pastores passa a ser mais importante para elas que a Lenda Pessoal.

O velho folheou o livro e distraiu-se lendo uma página. O rapaz esperou um pouco e o interrompeu da mesma maneira que ele o havia interrompido.

— Por que você fala essas coisas comigo?

— Porque você tenta viver sua Lenda Pessoal. E está a ponto de desistir dela.

— E você aparece sempre nessas horas?

— Nem sempre desta forma, mas jamais deixei de aparecer. Às vezes apareço sob a forma de uma boa saída, uma boa ideia. Outras vezes, num momento crucial, faço as coisas ficarem mais fáceis. E assim por diante; mas a maior parte das pessoas não nota isso.

O velho contou que, na semana anterior, tinha sido forçado a aparecer para um garimpeiro sob a forma de uma pedra. O garimpeiro havia largado tudo para ir em busca de esmeraldas. Durante cinco anos trabalhou num rio, e tinha quebrado 999 999 pedras em busca de uma esmeralda. Neste ponto o garimpeiro pensou em desistir, e só faltava uma pedra — apenas UMA PEDRA — para ele descobrir sua esmeralda. Como ele tinha sido um homem que havia apostado em sua Lenda Pessoal, o velho resolveu interferir. Transformou-se numa pedra que rolou sobre o pé do garimpeiro. Este, com a raiva e frustração dos cinco anos perdidos, atirou a pedra longe. Mas atirou-a com tanta força que ela bateu em outra pedra e esta se quebrou, mostrando a mais bela esmeralda do mundo.

— As pessoas aprendem muito cedo sua razão de viver — disse o velho com certa amargura nos olhos. — Talvez seja por isso que elas desistem tão cedo também. Mas assim é o mundo.

Então o rapaz se lembrou que a conversa havia começado com o tesouro escondido.

— Os tesouros são levantados da terra pelas torrentes e enterrados por essas mesmas águas — disse o velho. — Se você quiser saber sobre seu tesouro, terá que me ceder um décimo de suas ovelhas.

— E não serve um décimo do tesouro?

O velho ficou decepcionado.

— Se você sair prometendo o que ainda não tem, vai perder a vontade de consegui-lo.

O rapaz então contou que tinha prometido um décimo à cigana.

— Os ciganos são espertos — suspirou o velho. — De qualquer maneira é bom você aprender que tudo na vida tem um preço. É isto que os Guerreiros da Luz tentam ensinar.

O velho devolveu o livro ao rapaz.

— Amanhã, nesta mesma hora, você me traz um décimo de suas ovelhas. Eu lhe ensinarei como conseguir o tesouro escondido. Boa tarde.

E sumiu numa das esquinas da praça.

O RAPAZ TENTOU LER O LIVRO, mas não conseguiu concentrar-se mais. Estava agitado e tenso, porque sabia que o velho falava a verdade. Foi até o pipoqueiro, comprou um saco de pipocas, enquanto pensava se devia ou não contar a ele o que o velho dissera. "Às vezes é melhor deixar as coisas como estão", pensou o rapaz, e ficou quieto. Se dissesse algo, o pipoqueiro ia ficar três dias pensando em largar tudo, mas estava muito acostumado com sua carrocinha.

Ele podia evitar esse sofrimento ao pipoqueiro. Começou a andar sem rumo pela cidade e foi até o porto. Havia um pequeno prédio e nele, uma portinhola onde as pessoas compravam passagens. O Egito ficava na África.

— Quer alguma coisa? — perguntou o sujeito no guichê.

— Talvez amanhã — disse o rapaz se afastando. Se vendesse apenas uma ovelha podia chegar até o outro lado do estreito. Era uma ideia que o apavorava.

— Mais um sonhador — disse o sujeito do guichê ao seu assistente, enquanto o rapaz se afastava. — Não tem dinheiro para viajar.

* * *

Quando estava no guichê, o rapaz havia se lembrado de suas ovelhas e sentiu medo de voltar para junto delas. Passara dois anos aprendendo tudo sobre a arte do pastoreio; sabia tosquiar, cuidar das ovelhas prenhes, proteger os animais contra os lobos. Conhecia todos os campos e pastos da Andaluzia. Sabia o preço justo de comprar e vender cada um dos seus animais.

Resolveu voltar ao estábulo de seu amigo pelo caminho mais longo. A cidade também tinha um castelo, e ele decidiu subir a rampa de pedra e sentar-se numa de suas amuradas. Lá de cima podia ver a África. Alguém certa vez havia lhe explicado que por ali chegaram os mouros, que ocuparam durante tantos anos quase toda a Espanha. O rapaz detestava os mouros. Eles é que tinham trazido os ciganos.

De lá podia ver também quase toda a cidade, inclusive a praça onde havia conversado com o velho.

"Maldita hora em que encontrei esse velho", pensou ele. Tinha ido apenas buscar uma mulher que interpretasse sonhos. Nem a mulher nem o velho davam qualquer importância ao fato de que ele era um pastor. Eram pessoas solitárias, que já não acreditavam mais na vida e não entendiam que os pastores terminam apegados às suas ovelhas. Ele conhecia em detalhes cada uma delas: sabia qual mancava, qual iria dar cria daqui a dois meses e quais eram as mais preguiçosas.

Sabia também como tosquiá-las e como matá-las. Se resolvesse partir, elas sofreriam.

Um vento começou a soprar. Ele conhecia aquele vento: as pessoas o chamavam de Levante, porque com ele chegaram também as hordas de infiéis. Até conhecer Tarifa, nunca havia pensado que a África estava tão perto. Isto era um grande perigo: os mouros poderiam invadir novamente.

O Levante começou a soprar mais forte. "Estou entre as ovelhas e o tesouro", pensava o rapaz. Tinha que se decidir entre alguma coisa à qual havia se acostumado e alguma coisa que gostaria de ter. Havia também a filha do comerciante, mas ela não era tão importante como as ovelhas, porque não dependia dele. Talvez nem sequer se lembrasse dele. Teve certeza de que, se não aparecesse dali a dois dias, a menina não iria notar: para ela todos os dias eram iguais, e quando todos os dias ficam iguais é porque as pessoas deixaram de perceber as coisas boas que aparecem em suas vidas sempre que o sol cruza o céu.

"Eu larguei meu pai, minha mãe e o castelo da minha cidade. Eles se acostumaram e eu me acostumei. As ovelhas também vão se acostumar com a minha falta", pensou o rapaz.

De lá de cima ele olhou a praça. O pipoqueiro continuava vendendo suas pipocas. Um jovem casal sentou-se no banco onde ele havia conversado com o velho e eles se deram um longo beijo.

"O pipoqueiro", disse para si mesmo, sem completar a frase. Porque o Levante havia começado a soprar com mais força e ele ficou sentindo o vento no rosto. Ele trazia os mouros, é verdade, mas também trazia o cheiro do deserto e das mulheres cobertas com véu. Trazia o suor e os sonhos dos homens que um dia haviam partido em busca do desconhecido, de ouro, de aventuras — e de Pirâmides. O rapaz começou a invejar a liberdade do vento e percebeu que poderia ser como ele. Nada o impedia, exceto ele próprio. As ovelhas, a filha do comerciante, os campos da Andaluzia, eram apenas os passos de sua Lenda Pessoal.

No dia seguinte o rapaz encontrou-se com o velho ao meio-dia. Trazia seis ovelhas consigo.

— Estou surpreso — disse ele. — Meu amigo comprou imediatamente as ovelhas. Disse que a vida inteira havia sonhado em ser pastor e aquilo era um bom sinal.

— É sempre assim — disse o velho. — Chamamos de Princípio Favorável. Se você for jogar baralho pela primeira vez, com quase toda a certeza irá ganhar. Sorte de principiante.

— E por quê?

— Porque a vida quer que você viva sua Lenda Pessoal.

Depois começou a examinar as seis ovelhas e descobriu que uma mancava. O rapaz explicou que isso não tinha importância, porque ela era a mais inteligente e produzia bastante lã.

— Onde está o tesouro? — perguntou.

— O tesouro está no Egito, perto das Pirâmides.

O rapaz levou um susto. A velha dissera a mesma coisa, mas não tinha cobrado nada.

— Para chegar até ele, você terá que seguir os sinais.

Deus escreveu no mundo o caminho que cada homem deve seguir. É só ler o que ele escreveu para você.

Antes que o rapaz dissesse alguma coisa, uma mariposa começou a esvoaçar entre ele e o velho. Lembrou-se de seu avô; quando ele era criança, seu avô lhe dissera que as mariposas eram sinal de boa sorte. Como os grilos, as esperanças, as lagartixas e os trevos-de-quatro-folhas.

— Isto — disse o velho, que era capaz de ler seus pensamentos. — Exatamente como seu avô lhe ensinou. Estes são os sinais.

Depois o velho abriu o manto que lhe cobria o peito. O rapaz ficou impressionado com o que viu, e lembrou-se do brilho que havia notado no dia anterior. O velho tinha um peitoral de ouro maciço, coberto de pedras preciosas.

Era realmente um rei. Devia estar disfarçado assim para fugir dos salteadores.

— Tome — disse o velho, tirando uma pedra branca e uma negra que estavam presas no centro do peitoral de ouro. — Chamam-se Urim e Tumim. A preta quer dizer "sim", a branca quer dizer "não". Quando você não conseguir enxergar os sinais, elas servirão. Faça sempre uma pergunta objetiva. Mas, de maneira geral, procure tomar suas decisões. O tesouro está nas Pirâmides e isto você já sabia, porém teve que pagar seis ovelhas porque eu lhe ajudei a tomar uma decisão.

O rapaz guardou as pedras no alforje. Daqui por diante, tomaria suas próprias decisões.

— Não se esqueça de que tudo é uma coisa só. Não se esqueça da linguagem dos sinais. E, sobretudo, não se esqueça de ir até o fim de sua Lenda Pessoal. Antes, porém, gostaria de contar-lhe uma pequena história.

"Certo mercador enviou seu filho para aprender o Segredo da Felicidade com o mais sábio de todos os homens. O rapaz andou durante quarenta dias pelo deserto até chegar a um lindo castelo, no alto de uma montanha. Lá vivia o Sábio que o rapaz buscava.

"Em vez de encontrar um homem santo, porém, nosso herói entrou numa sala e viu uma atividade imensa: mercadores entravam e saíam, pessoas conversavam pelos cantos, uma pequena orquestra tocava melodias suaves e havia uma farta mesa com os mais deliciosos pratos daquela região. O Sábio conversava com todos, e o rapaz teve de esperar duas horas até chegar sua vez de ser atendido.

"O Sábio ouviu atentamente o motivo da visita do rapaz, mas disse-lhe que naquele momento não tinha tempo de explicar-lhe o Segredo da Felicidade. Sugeriu que o rapaz desse um passeio por seu palácio e voltasse dali a duas horas.

"— Entretanto, quero lhe pedir um favor — completou o Sábio, entregando ao rapaz uma colher de chá, onde pingou duas gotas de óleo. — Enquanto estiver caminhando, carregue esta colher sem deixar que o óleo seja derramado.

"O rapaz começou a subir e descer as escadarias do palácio, mantendo sempre os olhos fixos na colher. Ao final de duas horas, retornou à presença do Sábio.

"— Então — perguntou o Sábio —, você viu as tapeçarias da Pérsia que estão na minha sala de jantar? Viu o jardim que o Mestre dos Jardineiros demorou dez anos para criar? Reparou nos belos pergaminhos de minha biblioteca?

"O rapaz, envergonhado, confessou que não havia visto nada. Sua única preocupação fora não derramar as gotas de óleo que o Sábio lhe havia confiado.

"— Pois então volte e conheça as maravilhas do meu mundo — disse o Sábio. — Você não pode confiar num homem se não conhece sua casa.

"Já mais tranquilo, o rapaz pegou a colher e voltou a passear pelo palácio, desta vez reparando em todas as obras de arte que pendiam do teto e das paredes. Viu os jardins, as montanhas ao redor, a delicadeza das flores, o requinte com que cada obra de arte estava colocada em seu lugar. De volta à presença do Sábio, relatou pormenorizadamente tudo o que havia visto.

"— Mas onde estão as duas gotas de óleo que lhe confiei? — perguntou o Sábio.

"Olhando para a colher, o rapaz percebeu que as havia derramado.

"— Pois este é o único conselho que eu tenho para lhe dar — disse o mais Sábio dos Sábios. — O Segredo da Felicidade está em olhar todas as maravilhas do mundo e nunca se esquecer das duas gotas de óleo na colher."

O rapaz ficou em silêncio. Havia compreendido a história do velho rei. Um pastor gosta de viajar, mas jamais esquece suas ovelhas.

O velho olhou para o rapaz e, com as duas mãos espalmadas, fez alguns gestos estranhos em sua cabeça. Depois, pegou os animais e seguiu seu caminho.

No alto da pequena cidade de Tarifa existe um velho forte construído pelos mouros, e quem senta em suas muralhas consegue enxergar uma praça, um pipoqueiro e um pedaço da África. Melquisedec, o Rei de Salém, sentou-se na amurada do forte aquela tarde e sentiu o Levante no rosto. As ovelhas esperneavam ao seu lado, com medo do novo dono e excitadas com tantas mudanças. Tudo que elas queriam era apenas água e comida.

Melquisedec olhou o pequeno navio que estava zarpando do porto. Nunca mais tornaria a ver o rapaz, da mesma maneira como jamais tornou a ver Abraão, depois de lhe ter cobrado o dízimo. Entretanto, esta era a sua obra.

Os deuses não devem ter desejos, porque os deuses não têm Lenda Pessoal. Entretanto, o Rei de Salém torceu intimamente para que o rapaz tivesse êxito.

"Pena que ele vai esquecer logo meu nome", pensou. "Devia ter repetido mais de uma vez. Assim, quando falasse a meu respeito, diria que sou Melquisedec, o Rei de Salém."

Depois olhou para o céu meio arrependido: "Sei

que é vaidade das vaidades, como Tu disseste, Senhor. Mas um velho rei às vezes tem que sentir orgulho de si mesmo".

"COMO É ESTRANHA A ÁFRICA", pensou o rapaz.

Estava sentado numa espécie de bar igual a outros bares que ele havia encontrado nas ruelas estreitas da cidade. Algumas pessoas fumavam um cachimbo gigante, que era passado de boca em boca. Em poucas horas havia visto homens de mãos dadas, mulheres com o rosto coberto e sacerdotes que subiam em longas torres e começavam a cantar — enquanto todos a sua volta se ajoelhavam e batiam com a cabeça no solo.

"Coisa de infiéis", disse para si mesmo. Quando criança, via sempre na igreja da sua aldeia uma imagem de Santiago Matamouros em seu cavalo branco, com a espada desembainhada, e figuras como aquelas debaixo dos cascos do animal. O rapaz sentia-se mal e terrivelmente só. Os infiéis tinham um olhar sinistro.

Além disso, na pressa de viajar, ele havia se esquecido de um detalhe, um único detalhe, que podia afastá-lo do seu tesouro por muito tempo: naquele país todos falavam árabe.

O dono do bar se aproximou e o rapaz apontou para uma bebida que tinha sido servida em outra mesa. Era um chá amargo. O rapaz preferia beber vinho.

Mas não devia preocupar-se com isso agora. Tinha que pensar apenas no seu tesouro e na maneira de consegui-lo. A venda das ovelhas o havia deixado com bastante dinheiro no bolso, e o rapaz sabia que o dinheiro era mágico: com ele ninguém jamais está sozinho. Daqui a pouco, talvez em alguns dias, estaria junto das Pirâmides. Um velho, com todo aquele ouro no peito, não precisava mentir para ganhar seis ovelhas.

O velho lhe havia falado de sinais. Enquanto atravessava o mar, tinha pensado nos sinais. Sim, sabia do que ele estava falando: durante o tempo em que estivera nos campos da Andaluzia, havia se acostumado a ler na terra e nos céus as condições do caminho que devia seguir. Aprendera que certo pássaro indicava uma cobra por perto, e que determinado arbusto era sinal de água dali a alguns quilômetros. As ovelhas lhe haviam ensinado isso.

"Se Deus conduz tão bem as ovelhas, também conduzirá o homem", refletiu, e ficou mais tranquilo. O chá parecia menos amargo.

— Quem é você? — ouviu uma voz em espanhol.

O rapaz ficou imensamente aliviado. Estava pensando em sinais e alguém tinha aparecido.

— Como você fala espanhol? — perguntou. O recém-chegado era um rapaz vestido à maneira dos ocidentais, mas a cor de sua pele indicava que devia ser daquela cidade. Tinha mais ou menos sua altura e sua idade.

— Quase todo mundo aqui fala espanhol. Estamos a apenas duas horas da Espanha.

— Sente-se e peça alguma coisa por minha conta — disse o rapaz. — E peça um vinho para mim. Detesto este chá.

— Não há vinho no país — disse o recém-chegado. — A religião não permite.

O rapaz disse então que precisava chegar às Pirâmides. Quase ia falando do tesouro, mas resolveu ficar calado. Senão era bem capaz de o árabe querer uma parte para levá-lo até lá. Lembrou-se do que o velho lhe dissera a respeito de ofertas.

— Gostaria que me levasse até lá, se puder. Posso lhe pagar como guia.

— Você tem ideia de como chegar lá?

O rapaz reparou que o dono do bar estava por perto, ouvindo atentamente a conversa. Sentia-se incomodado com a presença dele. Mas tinha encontrado um guia e não ia perder essa oportunidade.

— Você tem que atravessar todo o deserto do Saara — disse o recém-chegado. — E para isso precisamos de dinheiro. Quero saber se você tem dinheiro suficiente.

O rapaz achou estranha a pergunta. Mas confiava no velho, e o velho lhe falara que, quando se quer uma coisa, o Universo sempre conspira a favor.

Tirou o dinheiro do bolso e mostrou ao recém-chegado. O dono do bar aproximou-se e olhou também. Os dois trocaram algumas palavras em árabe. O dono do bar parecia irritado.

— Vamos embora — disse o recém-chegado. — Ele não quer que continuemos aqui.

O rapaz ficou aliviado. Levantou-se para pagar a conta, mas o dono o agarrou e começou a falar sem parar. O rapaz era forte, mas estava numa terra estrangeira. Foi seu novo amigo que empurrou o dono para o lado e puxou o rapaz para fora.

— Ele queria seu dinheiro — disse. — Tânger não é igual ao resto da África. Estamos num porto e os portos têm sempre muitos ladrões.

Ele podia confiar em seu novo amigo. Tinha lhe ajudado numa situação crítica. Tirou o dinheiro do bolso e contou.

— Podemos chegar às Pirâmides amanhã — disse o outro, pegando o dinheiro. — Mas preciso comprar dois camelos.

Saíram andando pelas ruas estreitas de Tânger. Em todo canto havia barracas de coisas para vender. Chegaram enfim ao centro de uma grande praça, onde funcionava o mercado. Havia milhares de pessoas discutindo, vendendo, comprando, hortaliças misturadas com adagas, tapetes junto com todo tipo de cachimbos. Mas o rapaz não tirava o olho de seu novo amigo. Afinal de contas, ele estava com todo o seu dinheiro nas mãos. Pensou em pedi-lo de volta, mas achou que seria indelicado. Não conhecia o costume das terras estranhas que estava pisando.

"Basta vigiá-lo", disse a si mesmo. Era mais forte que o outro.

De repente, no meio de toda aquela confusão, estava a mais bela espada que seus olhos já haviam visto. A bainha era prateada e o cabo negro, cravejado de pedras. O rapaz prometeu a si mesmo que, quando voltasse do Egito, ia comprar aquela espada.

— Pergunte ao dono da barraca quanto custa — disse ele ao amigo. Mas percebeu que tinha ficado dois segundos distraído, olhando a espada.

Seu coração ficou apertado, como se o peito tivesse subitamente encolhido. Teve medo de olhar para o lado, porque sabia o que ia encontrar. Os olhos continuaram fixos na bela espada por mais alguns momentos, até que o rapaz tomou coragem e se virou.

Em volta dele o mercado, as pessoas indo e vindo, gritando e comprando, os tapetes misturados com avelãs, as alfaces junto às bandejas de cobre, os homens de mãos dadas pelas ruas, as mulheres de véu, o cheiro de comida estranha, e em nenhum lugar, mas em nenhum lugar mesmo, o rosto de seu companheiro.

O rapaz ainda quis pensar que haviam se perdido por acaso. Resolveu ficar ali mesmo, esperando que o outro voltasse. Pouco tempo depois um sujeito subiu numa daquelas torres e começou a cantar; todas as pessoas se ajoelharam no chão, bateram com a cabeça no solo e cantaram também. Depois, como um bando de formigas trabalhadoras, desfizeram as barracas e foram embora.

O sol começou a ir embora também. O rapaz olhou o sol durante muito tempo, até que ele se escondeu atrás das casas brancas que rodeavam a praça. Lembrou-se de que, quando o sol nascera de manhã, ele estava em outro continente, era um pastor, tinha sessenta ovelhas e um encontro marcado com uma moça. De manhã ele sabia tudo o que iria acontecer enquanto andava pelos campos.

Entretanto, agora que o sol se punha, ele estava num país diferente, um estranho numa terra estranha, onde nem sequer podia entender a língua que falavam. Já não era um pastor e não tinha mais nada na vida, nem mesmo dinheiro para voltar e começar tudo de novo.

"Tudo isso entre o nascer e o pôr do sol", pensou o rapaz. E sentiu pena de si mesmo, porque às vezes as coisas mudam na vida no espaço de um simples grito, antes que as pessoas possam se acostumar com elas.

Tinha vergonha de chorar. Jamais havia chorado na frente de suas próprias ovelhas. Entretanto, o mercado estava vazio e ele estava longe da pátria.

O rapaz chorou. Chorou porque Deus era injusto e retribuía dessa maneira às pessoas que acreditavam em seus próprios sonhos. "Quando estava com as ovelhas eu era feliz e espalhava sempre felicidade à minha volta. As pessoas me viam chegar e me recebiam bem. Mas agora estou triste e infeliz. O que farei? Vou ser mais amargo e não vou confiar nas pessoas, porque uma pessoa me traiu. Vou odiar aqueles que encontraram tesouros escondidos, porque não encontrei o meu. E vou sempre procurar manter o pouco que tenho, porque sou pequeno demais para abraçar o mundo."

Abriu seu alforje para ver o que havia lá dentro; talvez tivesse sobrado alguma coisa do sanduíche que tinha comido no barco. Mas só encontrou o livro grosso, o casaco e as duas pedras que o velho lhe dera.

Ao olhar as pedras, sentiu uma imensa sensação de alívio. Tinha trocado seis ovelhas por duas pedras preciosas, saídas de um peitoral de ouro. Podia vender as pedras e comprar a passagem de volta. "Agora serei mais esperto", pensou o rapaz, tirando as pedras do alforje para escondê-las dentro do bolso. Ali era um porto, e esta era a única verdade que aquele homem lhe dissera; um porto está sempre cheio de ladrões.

Agora entendia também o desespero do dono do bar: estava tentando dizer-lhe que não confiasse naquele homem. "Sou como todas as pessoas: vejo o mundo da maneira que desejava que as coisas acontecessem, e não da maneira que as coisas acontecem."

Ficou olhando as pedras. Tocou com cuidado cada uma, sentindo a temperatura e a superfície lisa. Elas eram seu tesouro. O simples toque das pedras lhe deu mais tranquilidade. Elas lhe faziam lembrar do velho.

"Quando você quer uma coisa, todo o Universo conspira para que possa consegui-la", dissera-lhe o velho.

Queria entender como aquilo podia ser verdade. Estava ali num mercado vazio, sem um centavo no bolso e sem ovelhas para guardar aquela noite. Mas as pedras eram a prova de que tinha encontrado um rei — um rei que sabia a sua história, sabia da arma do seu pai e da sua primeira experiência sexual.

"As pedras servem para adivinhação. Chamam-se Urim e Tumim." O rapaz colocou de novo as pedras dentro do saco e resolveu experimentar. O velho o alertara de que fizesse perguntas claras, porque as pedras só serviam para quem sabe o que quer.

O rapaz então perguntou se a bênção do velho continuava com ele.

Tirou uma das pedras. Era "sim".

"Vou encontrar meu tesouro?", perguntou o rapaz.

Enfiou a mão no alforje e ia pegando uma das pedras, quando ambas escorregaram por um buraco no tecido. O rapaz nunca havia percebido que seu alforje estava rasgado. Abaixou-se para pegar Urim e Tumim e colocá-las de novo no saco. Ao vê-las no chão, porém, uma outra frase surgiu em sua cabeça.

"Aprenda a respeitar e seguir os sinais", havia falado o velho rei.

Um sinal. O rapaz riu para si mesmo. Depois apanhou as duas pedras no chão e as recolocou no alforje. Não pensava costurar o buraco — as pedras poderiam escapar por ali sempre que desejassem. Ele havia entendido que certas coisas a gente não devia perguntar — para não fugir do próprio destino. "Prometi tomar minhas próprias decisões", disse para si mesmo.

Mas as pedras tinham dito que o velho continuava com ele e isso lhe deu mais confiança. Olhou de novo para o mercado vazio e não sentiu o desespero de antes. Não era um mundo estranho; era um mundo novo.

Pois, afinal de contas, tudo que ele queria era exatamente isto: conhecer mundos novos. Mesmo que jamais chegasse às Pirâmides, ele já tinha ido muito mais longe do que qualquer pastor que conhecia. "Ah, se eles soubessem que a apenas duas horas de barco existem tantas coisas diferentes."

O mundo novo se materializava na sua frente sob a forma de um mercado vazio, mas ele já vira aquele mercado cheio de vida, e nunca mais ia se esquecer. Lembrou-se da espada — foi um preço caro contemplá-la um pouco, mas também nunca tinha visto nada igual antes. Sentiu de repente que podia olhar o mundo como uma pobre vítima de um ladrão ou como um aventureiro em busca de um tesouro.

"Sou um aventureiro em busca de um tesouro", pensou, antes de cair exausto no sono.

Acordou com um sujeito cutucando-o. Tinha dormido no meio do mercado, e a vida daquela praça estava prestes a recomeçar.

Olhou em volta, procurando suas ovelhas, e percebeu que estava em outro mundo. Ao invés de sentir-se triste, ficou feliz. Não tinha mais que seguir em busca de água e comida; podia seguir em busca de um tesouro. Não tinha um centavo no bolso, mas tinha fé na vida. Havia escolhido, na noite anterior, ser um aventureiro igual aos personagens dos livros que costumava ler.

Começou a andar sem pressa pela praça. Os mercadores colocaram em pé suas barracas; ajudou um doceiro a montar a sua. Havia um sorriso diferente no rosto daquele doceiro: estava alegre, desperto para a vida, pronto para começar um bom dia de trabalho. Era um sorriso que lembrava alguma coisa do velho, aquele velho e misterioso rei que havia conhecido. "Este doceiro não está fazendo doces porque quer viajar, nem porque quer se casar com a filha de um comerciante. Este doceiro faz doce porque gosta disso", pensou o rapaz, e notou que podia fazer a mesma coisa que o velho — saber se uma pessoa está próxima ou distante de sua Lenda Pessoal. Só em olhar para ela. "É fácil, e eu nunca havia percebido isso."

Quando acabaram de montar a barraca, o doceiro lhe estendeu o primeiro doce que havia feito. O rapaz comeu satisfeito, agradeceu e seguiu seu caminho. Quando já havia se afastado um pouco, lembrou-se que a barraca havia sido montada com uma pessoa falando árabe e a outra, espanhol.

E tinham se entendido perfeitamente.

"Existe uma linguagem que está além das palavras", pensou o rapaz. "Eu já experimentei isto com as ovelhas, e agora estou experimentando com os homens."

Estava aprendendo várias coisas novas. Coisas que ele já havia experimentado e que, no entanto, eram novas, porque tinham passado por ele sem que houvesse percebido. E não tinha percebido porque estava acostumado com elas. "Se eu aprender a decifrar essa linguagem sem palavras, vou conseguir decifrar o mundo."

"Tudo é uma coisa só", dizia o velho.

Resolveu andar sem pressa e sem ansiedade pelas pequenas ruas de Tânger: só dessa maneira ia conseguir perceber os sinais. Isto exigia muita paciência, mas esta é a primeira virtude que um pastor aprende. Mais uma vez percebeu que estava aplicando naquele mundo estranho as mesmas lições que suas ovelhas lhe ensinaram.

"Tudo é uma coisa só", havia falado o velho.

O MERCADOR DE CRISTAIS viu o dia nascer e sentiu a mesma angústia que experimentava todas as manhãs. Estava há quase trinta anos naquele mesmo lugar, uma loja no alto de uma ladeira, onde raramente passava um comprador. Agora era tarde para mudar qualquer coisa: tudo o que havia aprendido na vida era vender e comprar cristais. Houve um tempo em que muita gente conhecia sua loja: mercadores árabes, geólogos franceses e ingleses, soldados alemães sempre com dinheiro no bolso. Naquela época era uma grande aventura vender cristais, e ele pensava como ia ficar rico e como ia ter belas mulheres em sua velhice.

Depois o tempo foi passando e a cidade também. Ceuta cresceu mais do que Tânger e o comércio mudou de rumo. Os vizinhos mudaram-se e restaram apenas algumas lojas na ladeira. Ninguém ia subir uma ladeira por causa de umas poucas lojas.

Mas o Mercador de Cristais não tinha escolha. Passara trinta anos de sua vida comprando e vendendo peças de cristal, e agora era tarde demais para mudar de rumo.

Durante a manhã inteira ficou olhando o pequeno movimento da rua. Fazia aquilo há anos e já sabia o horário de cada pessoa. Quando faltavam alguns minutos para o almoço, um rapaz estrangeiro parou diante de sua vitrine. Estava vestido normalmente, mas os olhos experimentados do Mercador de Cristais concluíram que ele não tinha dinheiro. Mesmo assim resolveu esperar alguns instantes, até que o rapaz fosse embora.

HAVIA UM CARTAZ NA PORTA dizendo que ali se falavam várias línguas. O rapaz viu um homem aparecer atrás do balcão.

— Posso limpar estes vasos se você quiser — disse o rapaz. — Assim como estão, ninguém vai querer comprar.

O homem olhou sem dizer nada.

— Em troca, você me paga um prato de comida.

O homem continuou em silêncio e o rapaz sentiu que precisava tomar uma decisão. Dentro de seu alforje havia o casaco — não ia precisar mais dele no deserto. Tirou o casaco e começou a limpar os vasos. Durante meia hora limpou todos os vasos da vitrine; neste meio-tempo entraram dois fregueses e compraram cristais do homem.

Quando acabou de limpar tudo, ele pediu ao homem um prato de comida.

— Vamos comer — disse o Mercador de Cristais.

Colocou uma tabuleta na porta e foram até um minúsculo bar no alto da ladeira. Assim que se sentaram à única mesa existente, o Mercador de Cristais sorriu.

— Não era preciso limpar nada — disse. — A lei do Alcorão obriga a dar de comer a quem tem fome.

— Então por que me deixou fazer isso? — perguntou o rapaz.

— Porque os cristais estavam sujos. E tanto você como eu precisávamos limpar a cabeça dos maus pensamentos.

Quando acabaram de comer, o Mercador virou-se para o rapaz:

— Queria que você trabalhasse na minha loja. Hoje entraram dois fregueses enquanto você limpava os vasos, e isto é um bom sinal.

"As pessoas falam muito em sinais", pensou o pastor. "Mas não percebem o que estão dizendo. Da mesma maneira que eu não percebia que há muitos anos falava com minhas ovelhas uma linguagem sem palavras."

— Quer trabalhar para mim? — insistiu o Mercador.

— Posso trabalhar o resto do dia — respondeu o rapaz. — Limparei até de madrugada todos os cristais da loja. Em troca, preciso de dinheiro para estar amanhã no Egito.

O velho riu de novo.

— Mesmo que você limpasse meus cristais durante um ano inteiro, mesmo que você ganhasse uma boa comissão de vendas em cada um deles, ainda ia ter que arranjar dinheiro emprestado para ir ao Egito. Existem milhares de quilômetros de deserto entre Tânger e as Pirâmides.

Houve um momento de silêncio tão grande que a cidade parecia ter adormecido. Já não havia mais os bazares, as discussões dos mercadores, os homens que subiam em minaretes e cantavam, as belas espadas com seus punhos cravejados. Já não havia mais a esperança e a aventura, velhos reis e Lendas Pessoais, o tesouro e as Pirâmides. Era como se todo o mundo estivesse quieto, porque a alma do rapaz estava em silêncio. Não havia nem dor, nem sofrimento, nem decepção: apenas um olhar vazio através da pequena porta do bar e uma vontade imensa de morrer, de que tudo acabasse para sempre naquele minuto.

O Mercador olhou espantado para o rapaz. Era como se toda a alegria que tinha visto aquela manhã houvesse subitamente desaparecido.

— Posso lhe dar dinheiro para voltar à sua terra, meu filho — disse o Mercador de Cristais.

O rapaz continuou em silêncio. Depois se levantou, ajeitou as roupas e pegou seu alforje.

— Vou trabalhar com o senhor — disse.

E depois de outro silêncio demorado, concluiu:

— Preciso de dinheiro para comprar algumas ovelhas.

SEGUNDA PARTE

Havia quase um mês que o rapaz estava trabalhando para o Mercador de Cristais e não era exatamente o tipo de emprego que o fazia feliz. O Mercador passava o dia inteiro resmungando atrás do balcão, pedindo que tomasse cuidado com as peças, que não deixasse quebrar nada.

Mas continuava no emprego porque o Mercador era um velho rabugento, mas não era injusto; o rapaz recebia uma boa comissão em cada peça vendida e já havia conseguido juntar algum dinheiro. Naquela manhã havia feito certos cálculos: se continuasse a trabalhar todos os dias como estava trabalhando, ia precisar de um ano inteiro para poder comprar algumas ovelhas.

— Gostaria de fazer uma estante para os cristais — disse o rapaz ao Mercador. — Ela pode ser colocada do lado de fora e atrair quem está passando lá embaixo da ladeira.

— Nunca fiz uma estante antes — respondeu o Mercador. — As pessoas passam e esbarram. Os cristais se quebram.

— Quando eu andava pelo campo com as ovelhas, elas podiam morrer caso encontrassem uma cobra. Mas isso faz parte da vida das ovelhas e dos pastores.

O Mercador atendeu um freguês que desejava três vasos de cristal. Estava vendendo mais do que nunca, como se o mundo tivesse voltado no tempo, para a época em que a rua era uma das principais atrações de Tânger.

— O movimento já melhorou bastante — disse ao rapaz, quando o freguês saiu. — O dinheiro permite que eu viva melhor e lhe devolverá as suas ovelhas em pouco tempo. Para que exigir mais da vida?

— Porque temos que seguir os sinais — falou o rapaz, quase sem querer; e arrependeu-se do que dissera, porque o Mercador nunca havia encontrado um rei.

"Chama-se Princípio Favorável, sorte de principiante. Porque a vida quer que você viva sua Lenda Pessoal", dissera o velho.

O Mercador, entretanto, estava entendendo o que o rapaz falava. A simples presença dele na loja era um sinal, e com o passar dos dias, com mais dinheiro em caixa, ele não estava arrependido de haver contratado o espanhol. Mesmo que o rapaz estivesse ganhando mais do que devia; como ele sempre havia achado que as vendas não mudavam mais, tinha oferecido uma comissão alta, e sua intuição dizia que em breve o garoto estaria de volta às suas ovelhas.

— Por que você queria conhecer as Pirâmides? — perguntou, para mudar o assunto da estante.

— Porque sempre ouvi falar delas — respondeu o rapaz, evitando mencionar o seu sonho. Agora o tesouro era uma lembrança dolorosa e o rapaz evitava pensar nisso.

— Eu não conheço ninguém aqui que queira atravessar o deserto só para conhecer as Pirâmides — disse o Mercador. — São apenas um monte de pedras. Você pode construir uma no seu quintal.

— Você nunca teve sonhos de viajar — retrucou o rapaz, atendendo mais um freguês que entrava na loja.

Dois dias depois o velho procurou o rapaz para falar da estante.

— Não gosto de mudanças — disse o Mercador. — Nem eu nem você somos como Hassan, o rico comerciante. Se ele erra numa compra, isto não o afeta muito. Mas nós dois temos sempre que conviver com nossos erros.

"É verdade", pensou o rapaz.

— Para que você quer a estante? — disse o Mercador.

— Quero voltar mais rápido para minhas ovelhas. Temos que aproveitar quando a sorte está do nosso lado e fazer tudo para ajudá la da mesma maneira que ela está nos ajudando. Chama-se Princípio Favorável. Ou "sorte de principiante".

O velho ficou calado por algum tempo. Depois disse:

— O Profeta nos deu o Alcorão e nos deixou apenas cinco obrigações para serem seguidas em nossa existência. A mais importante é a seguinte: só existe um Deus. As outras são: rezar cinco vezes por dia, fazer jejum no mês do Ramadã, fazer caridade com os pobres.

Parou de falar. Seus olhos ficaram cheios de água ao falar do Profeta. Era um homem fervoroso e mesmo com toda a sua impaciência procurava viver de acordo com a lei muçulmana.

— E qual a quinta obrigação? — perguntou o rapaz.

— Dois dias atrás você disse que eu nunca tive sonhos de viajar — respondeu o Mercador. — A quinta obrigação de todo muçulmano é uma viagem. Devemos ir, pelo menos uma vez na vida, à cidade sagrada de Meca.

"Meca é muito mais longe que as Pirâmides. Quando eu era jovem, preferi juntar o pouco dinheiro que tinha para começar esta loja. Pensava em ser rico algum dia, para ir a Meca. Passei a ganhar dinheiro, mas não podia deixar ninguém cuidando dos cristais, porque os cristais são coisas delicadas. Ao mesmo tempo, via passar defronte a minha loja muitas pessoas que seguiam na direção de Meca. Havia alguns peregrinos ricos, que iam com um séquito de criados e de camelos, mas a maior parte das pessoas era muito mais pobre do que eu.

"Todas iam e voltavam contentes e colocavam na porta de casa os símbolos da peregrinação. Uma delas, um sapateiro que vivia de remendar botas alheias, me disse que havia caminhado quase um ano pelo deserto, mas que ficava sempre mais cansado quando tinha que caminhar alguns quarteirões em Tânger para comprar couro."

— Por que não vai a Meca agora? — perguntou o rapaz.

— Porque Meca é o que me mantém vivo. É o que me faz aguentar todos esses dias iguais, esses vasos calados nas prateleiras, o almoço e o jantar naquele restaurante horrível. Tenho medo de realizar meu sonho e depois não ter mais motivo para continuar vivo.

"Você sonha com ovelhas e com Pirâmides. É diferente de mim, porque deseja realizar seus sonhos. Eu quero apenas sonhar com Meca. Já imaginei milhares de vezes a travessia do deserto, minha chegada à praça onde está a Pedra Sagrada, as sete voltas que devo dar em torno dela antes de tocá-la. Já imaginei quais pessoas estarão do meu lado, na minha frente, e as conversas e orações que compartilharemos. Mas tenho medo que seja uma grande decepção, então prefiro apenas sonhar."

Nesse dia, o Mercador deu permissão ao rapaz para construir a estante. Nem todos podem ver os sonhos da mesma maneira.

Mais dois meses se passaram e a estante trouxe muitos fregueses à loja dos cristais. O rapaz calculou que, se trabalhasse mais seis meses, poderia voltar à Espanha e comprar sessenta ovelhas, e mais sessenta ovelhas. Em menos de um ano teria duplicado seu rebanho e ia poder negociar com os árabes, porque já conseguia falar aquela língua estranha. Depois daquela manhã no mercado, ele não havia mais utilizado o Urim e o Tumim, porque o Egito passou a ser apenas um sonho tão distante para ele como era a cidade de Meca para o Mercador. Entretanto o rapaz agora estava contente com seu trabalho e pensava a todo momento no dia em que iria desembarcar em Tarifa como um vencedor.

"Lembre-se de saber sempre o que quer", dissera o velho rei. O rapaz sabia, e estava trabalhando para isso. Talvez seu tesouro tivesse sido chegar àquela terra estranha, encontrar um assaltante e dobrar o número de seu rebanho sem ter gastado um centavo sequer.

Estava orgulhoso de si mesmo. Havia aprendido coisas importantes, como o comércio de cristais, a linguagem sem palavras e os sinais. Uma tarde viu um homem no alto da ladeira, reclamando que era impossível encontrar um lugar decente para beber alguma coisa depois de toda a subida. O rapaz já conhecia a linguagem dos sinais e chamou o velho para conversar.

— Vamos vender chá para as pessoas que sobem a ladeira — disse ele.

— Muitas pessoas vendem chá por aqui — respondeu o Mercador.

— Podemos vender chá em vasos de cristal. Assim as pessoas vão gostar do chá e vão querer comprar os cristais, pois o que mais seduz os homens é a beleza.

O Mercador olhou para o rapaz durante algum tempo. Não respondeu nada. Mas naquela tarde, depois de fazer suas orações e fechar a loja, sentou-se na calçada com ele e convidou-o a fumar narguilé — aquele estranho cachimbo que os árabes usavam.

— O que você está procurando? — perguntou o velho Mercador de Cristais.

— Já lhe disse. Preciso comprar de volta as ovelhas. E para isso é necessário dinheiro.

O velho colocou algumas brasas novas no narguilé e deu uma longa tragada.

— Há trinta anos tenho esta loja. Conheço o bom e o mau cristal e sei de todos os detalhes do seu funcionamento. Estou acostumado com seu tamanho e seu movimento. Se você colocar chá em cristais, a loja irá crescer. Então eu vou ter que mudar minha maneira de vida.

— E isso não é bom?

— Estou acostumado com minha vida. Antes de você, eu pensava que havia perdido tanto tempo no mesmo lugar, enquanto meus amigos todos mudavam, quebravam ou progrediam. Isso me causava uma tristeza imensa. Agora sei que não era bem assim: a loja tem o tamanho exato que eu sempre quis que ela tivesse. Não quero mudar, porque não sei como mudar. Já estou muito acostumado comigo mesmo.

O rapaz não sabia o que dizer. O velho então continuou:

— Você foi uma bênção para mim. E hoje estou entendendo uma coisa: toda bênção que não é aceita transforma-se numa maldição. Eu não quero mais da vida. E você está me forçando a ver riquezas e horizontes que nunca conheci. Agora que os conheço, e que conheço minhas possibilidades imensas, vou me sentir pior do que me sentia antes. Porque sei que posso ter tudo e não quero.

"Ainda bem que eu não disse nada ao pipoqueiro", pensou o rapaz.

Continuaram fumando o narguilé por algum tempo, enquanto o sol se escondia. Estavam conversando em árabe e o rapaz sentia-se satisfeito consigo mesmo, porque falava árabe. Houve uma época em que ele achou que as ovelhas podiam ensinar tudo sobre o mundo. Mas as ovelhas não sabiam ensinar árabe.

"Deve haver outras coisas no mundo que as ovelhas não sabem ensinar", pensou o rapaz, enquanto olhava o Mercador em silêncio. "Porque elas só estão em busca de água e comida."

"Acho que não são elas que ensinam: eu é que aprendo."

— Maktub — disse finalmente o Mercador.

— O que é isso?

— Você precisaria ter nascido árabe para compreender — respondeu ele. — Mas a tradução seria algo como "está escrito".

E enquanto apagava as brasas do narguilé, disse que o rapaz podia começar a vender chá nos vasos. Às vezes, é impossível deter o rio da vida.

Os homens subiam a ladeira e ficavam cansados. Então, lá no topo, havia uma loja de belos cristais com chá de menta refrescante. Os homens entravam para beber o chá, que era servido em lindos vasos de cristal.

"Jamais minha mulher pensou nisso", lembrava um e comprava alguns cristais, porque ia ter visitas naquela noite: seus convidados ficariam impressionados com a riqueza das taças. Outro homem passou a garantir que o chá era sempre mais gostoso quando servido em recipientes de cristal, pois conservavam melhor o aroma. Um terceiro disse ainda que era tradição no Oriente utilizar vasos de cristal com chá, por causa de seus poderes mágicos.

Em pouco tempo, a novidade se espalhou e muitas pessoas passaram a subir até o topo da ladeira para conhecer a loja que estava fazendo algo de novo num comércio tão antigo. Outras lojas de chá em copos de cristal foram abertas, mas não ficavam em cima de uma ladeira e por isso estavam sempre vazias.

Em pouco tempo, o Mercador teve que contratar mais dois empregados. Passou a importar, junto com os cristais, quantidades enormes de chá, que eram diariamente consumidas pelos homens e mulheres com sede de coisas novas.

E assim transcorreram seis meses.

O RAPAZ ACORDOU ANTES DE O SOL NASCER. Tinham-se passado onze meses e nove dias desde que ele havia pisado pela primeira vez no continente africano.

Vestiu sua roupa árabe, de linho branco, comprada especialmente para aquele dia. Colocou o lenço na cabeça, fixo por um anel feito de pele de camelo. Calçou as sandálias novas e desceu sem fazer qualquer ruído.

A cidade ainda dormia. Ele fez um sanduíche de gergelim e bebeu chá quente no vaso de cristal. Depois, sentou-se na soleira da porta, fumando sozinho o narguilé.

Fumou em silêncio, sem pensar em nada, escutando apenas o ruído constante do vento que soprava trazendo o cheiro do deserto. Depois que acabou de fumar, enfiou a mão no bolso e ficou alguns instantes contemplando o que havia retirado lá de dentro.

Havia um grande maço de dinheiro. O suficiente para comprar cento e vinte ovelhas, uma passagem de volta e uma licença de comércio entre seu país e o país onde estava.

Esperou pacientemente que o velho acordasse e abrisse a loja. Os dois então foram juntos tomar mais chá.

— Vou embora hoje — disse o rapaz. — Tenho dinheiro para comprar minhas ovelhas. Você tem dinheiro para ir a Meca.

O velho não disse nada.

— Peço sua bênção — insistiu o rapaz. — Você me ajudou.

O velho continuou a preparar o chá em silêncio. Depois de certo tempo, porém, virou-se para o rapaz.

— Tenho orgulho de você — disse. — Você trouxe alma para a minha loja de cristais. Mas sabe que eu não vou a Meca. Como sabe que não voltará a comprar ovelhas.

— Quem lhe disse isso? — perguntou o rapaz, assustado.

— Maktub — disse simplesmente o velho Mercador de Cristais.

E o abençoou.

O RAPAZ FOI ATÉ SEU QUARTO e juntou tudo o que tinha. Eram três sacolas cheias. Quando estava saindo, notou que, num canto do quarto, havia seu velho alforje de pastor. Estava todo amassado e ele quase nem se lembrava mais dele. Lá dentro ainda se encontravam o mesmo livro e o casaco. Quando ele tirou o casaco, pensando em dar de presente para um rapaz na rua, as duas pedras rolaram pelo chão. O Urim e o Tumim.

O rapaz então se lembrou do velho rei e ficou surpreso em perceber há quanto tempo não pensava mais nisso. Durante um ano havia trabalhado sem parar, pensando apenas em conseguir dinheiro para não voltar de cabeça baixa para a Espanha.

"Nunca desista dos seus sonhos", havia falado o velho rei. "Siga os sinais."

O rapaz pegou o Urim e o Tumim no chão e teve novamente aquela estranha sensação de que o rei estava perto. Trabalhara duro durante um ano e os sinais indicavam que agora era o momento de partir.

"Vou voltar exatamente a ser o que era antes", pensou o rapaz. "E as ovelhas não me ensinaram a falar árabe."

As ovelhas, entretanto, tinham ensinado uma coisa

muito mais importante: que existia uma linguagem no mundo que todos compreendiam, e que o rapaz havia utilizado durante todo aquele tempo para fazer a loja progredir. Era a linguagem do entusiasmo, das coisas feitas com amor e com vontade, em busca de algo que se desejava ou em que se acreditava. Tânger já não era mais uma cidade estranha e ele sentiu que, da mesma maneira que tinha conquistado aquele lugar, poderia conquistar o mundo.

"Quando você deseja uma coisa, todo o Universo conspira para que possa realizá-la", havia falado o velho rei.

Mas o velho rei não falara de assaltos, de desertos imensos, de pessoas que conhecem os seus sonhos mas não desejam realizá-los. O velho rei não havia falado que as Pirâmides eram apenas um monte de pedras e que qualquer um podia fazer um monte de pedras em seu quintal. E tinha se esquecido de dizer que, quando se tem dinheiro para comprar um rebanho maior do que o que possuía, deve-se comprar esse rebanho.

O rapaz pegou o alforje e juntou com seus outros sacos. Desceu as escadas; o velho estava atendendo um casal estrangeiro, enquanto dois outros fregueses andavam pela loja, tomando chá em vasos de cristal. Era um bom movimento para aquela hora da manhã. Do lugar onde estava, notou pela primeira vez que o cabelo do Mercador lembrava muito o cabelo do velho rei. Lembrou-se do sorriso do doceiro, no primeiro dia em Tânger, quando não tinha para onde ir nem o que comer; também aquele sorriso lembrava o do velho rei.

"Como se ele tivesse passado por aqui e deixado uma marca", pensou. "E cada pessoa não tivesse já conhecido esse rei em algum momento de sua existência. Afinal de contas, ele disse que sempre aparecia para quem vive sua Lenda Pessoal."

Saiu sem se despedir do Mercador de Cristais. Não queria chorar porque as pessoas podiam ver. Mas ia ter saudade de todo aquele tempo e de todas as coisas boas que havia aprendido. Estava mais confiante em si e tinha vontade de conquistar o mundo.

"Mas estou indo para os campos que já conheço, conduzir de novo as ovelhas." E não estava mais contente com sua decisão. Tinha trabalhado um ano inteiro para realizar um sonho, e esse sonho, a cada minuto, ia perdendo sua importância. Talvez porque não fosse seu sonho.

"Quem sabe é melhor ser como o Mercador de Cristais: nunca ir a Meca e viver da vontade de conhecê-la." Mas estava segurando Urim e Tumim nas mãos, e as pedras lhe traziam a força e a vontade do velho rei. Por coincidência — ou sinal, pensou o rapaz —, ele chegou ao bar onde havia entrado no primeiro dia. Não havia mais o ladrão, e o dono lhe trouxe uma xícara de chá.

"Sempre poderei voltar a ser pastor", pensou o rapaz. "Aprendi a cuidar das ovelhas e nunca mais me esquecerei de como elas são. Mas talvez não tenha outra oportunidade de chegar até as Pirâmides do Egito. O velho tinha um peitoral de ouro e sabia minha história. Era um rei de verdade, um rei sábio."

Estava apenas a duas horas de barco das planícies da Andaluzia, mas havia um deserto inteiro entre ele e as Pirâmides. O rapaz percebeu talvez esta maneira de pensar a mesma situação: na verdade, ele estava duas horas mais perto do seu tesouro. Mesmo que, para caminhar essas duas horas, tivesse demorado quase um ano inteiro.

"Sei por que quero voltar para minhas ovelhas. Eu já conheço as ovelhas; não dão muito trabalho e podem ser amadas. Não sei se o deserto pode ser amado, mas é o deserto que esconde o meu tesouro. Se eu não conseguir encontrá-lo, poderei sempre voltar para casa. Mas de repente a vida me deu dinheiro suficiente, e eu tenho todo o tempo de que preciso; por que não?"

Sentiu uma alegria imensa naquele momento. Sempre podia voltar a ser pastor de ovelhas. Sempre podia voltar a ser vendedor de cristais. Talvez o mundo tivesse muitos outros tesouros escondidos, mas ele havia tido um sonho repetido e encontrado um rei. Não acontecia com qualquer pessoa.

Estava contente quando saiu do bar. Havia se lembrado que um dos fornecedores do Mercador trazia os cristais em caravanas que cruzavam o deserto. Manteve o Urim e o Tumim nas mãos; por causa daquelas duas pedras, estava de volta ao caminho de seu tesouro.

"Sempre estou perto dos que vivem a Lenda Pessoal", dissera o velho rei.

Não custava nada ir até o armazém, saber se as Pirâmides eram de fato muito longe.

O Inglês estava sentado numa construção cheirando a animais, suor e poeira. Não podia chamar aquilo de armazém; era apenas um curral. "Toda a minha vida para ter que passar por um lugar como este", pensou enquanto folheava distraído uma revista de química. "Dez anos de estudo me conduzem a um curral."

Mas era preciso seguir adiante. Tinha que acreditar em sinais. Toda a sua vida, todos os seus estudos foram em busca da linguagem única que o Universo falava. Primeiro havia se interessado por Esperanto, depois por religiões e, finalmente, por Alquimia. Sabia falar Esperanto, entendia perfeitamente as diversas religiões, mas ainda não era um Alquimista. Tinha conseguido decifrar coisas importantes, é verdade. Mas suas pesquisas chegaram a um ponto em que não conseguia progredir mais. Tinha tentado em vão entrar em contato com algum alquimista. Mas os alquimistas eram pessoas estranhas, que só pensavam neles mesmos e quase sempre recusavam ajuda. Quem sabe não haviam descoberto o segredo da Grande Obra — chamada de Pedra Filosofal — e por isso se fechavam no silêncio.

Já havia gasto parte da fortuna que seu pai lhe deixara, buscando inutilmente a Pedra Filosofal. Tinha frequentado as melhores bibliotecas do mundo e comprado os livros mais importantes e mais raros sobre Alquimia. Num deles descobriu que, há muitos anos, um famoso alquimista árabe havia visitado a Europa. Diziam que ele tinha mais de duzentos anos, que havia descoberto a Pedra Filosofal e o Elixir da Longa Vida. O Inglês ficou impressionado com a história. Mas tudo não teria passado de mais uma lenda, se um amigo seu — voltando de uma expedição arqueológica no deserto — não lhe tivesse contado sobre um árabe que tinha poderes excepcionais.

— Mora no oásis de Al-Fayoum — disse seu amigo. — E as pessoas contam que tem duzentos anos e que é capaz de transformar qualquer metal em ouro.

O Inglês não coube em si de tanta excitação. Imediatamente cancelou todos os seus compromissos, juntou os livros mais importantes e agora estava ali, naquele armazém parecido com um curral, enquanto lá fora uma imensa caravana se preparava para cruzar o Saara. A caravana passava por Al-Fayoum.

"Tenho que conhecer esse maldito Alquimista", pensou o Inglês. E o cheiro dos animais tornou-se um pouco mais tolerável.

Um jovem árabe, também carregado de malas, entrou no lugar onde o Inglês estava e o cumprimentou.

— Aonde você vai? — perguntou o jovem árabe.

— Para o deserto — respondeu o Inglês e voltou para a sua leitura. Não queria conversar agora. Precisava recordar tudo o que havia aprendido em dez anos, pois o Alquimista deveria submetê-lo a alguma espécie de prova.

O jovem árabe tirou um livro e começou a ler. O livro estava escrito em espanhol. "Ainda bem", pensou o Inglês. Sabia falar espanhol melhor que árabe, e se este rapaz fosse até Al-Fayoum, ia ter alguém para conversar quando não estivesse ocupado com coisas importantes.

"Que coisa engraçada", pensou o rapaz enquanto tentava mais uma vez ler a cena do enterro que iniciava o livro. "Faz quase dois anos que comecei a ler e não consigo passar destas páginas." Mesmo sem um rei para interrompê-lo, ele não conseguia se concentrar. Ainda estava em dúvida quanto à sua decisão, mas percebia uma coisa importante: as decisões eram apenas o começo de alguma coisa. Quando alguém tomava uma decisão, na verdade estava mergulhando numa correnteza poderosa, que levava a pessoa para um lugar que jamais havia sonhado na hora de decidir.

"Quando resolvi ir em busca do meu tesouro, nunca imaginei trabalhar numa loja de cristais", pensou o rapaz, para confirmar seu raciocínio. "Da mesma maneira, esta caravana pode ser uma decisão minha, mas seu percurso será sempre um mistério."

Na sua frente havia um europeu também lendo um livro. O europeu era antipático, e tinha olhado com desprezo quando ele entrou. Podiam até ter-se tornado bons amigos, mas o europeu havia interrompido a conversa.

O rapaz fechou o livro. Não queria fazer nada que

o deixasse parecido com aquele europeu. Tirou o Urim e o Tumim do bolso e começou a brincar com eles.

O estrangeiro deu um grito:

— Um Urim e um Tumim!

O rapaz, mais que depressa, guardou as pedras no bolso.

— Não estão à venda — disse.

— Não valem muito — disse o Inglês. — São cristais de rocha, nada mais. Há milhões de cristais de rocha na Terra, mas, para quem entende, estes são Urim e Tumim. Não sabia que eles existiam nesta parte do mundo.

— Foi o presente de um rei — disse o rapaz.

O estrangeiro ficou mudo. Depois enfiou a mão no bolso e retirou, tremendo, duas pedras iguais.

— Você falou em um rei — disse.

— E você não acredita que os reis conversem com pastores — disse o rapaz, desta vez querendo encerrar a conversa.

— Ao contrário. Os pastores foram os primeiros a reconhecer um rei que o resto do mundo se recusou a conhecer. Por isso é muito provável que os reis conversem com pastores.

E completou, com medo de que o rapaz não estivesse entendendo:

— Está na Bíblia. No mesmo livro que me ensinou a fazer este Urim e este Tumim. Estas pedras eram a única forma de adivinhação permitida por Deus. Os sacerdotes as carregavam num peitoral de ouro.

O rapaz ficou contente de estar naquele armazém.

— Talvez isto seja um sinal — disse o Inglês, como quem pensa alto.

— Quem lhe falou em sinais? — o interesse do rapaz crescia a cada momento.

— Tudo na vida são sinais — disse o Inglês, desta vez fechando a revista que estava lendo. O Universo é feito por uma língua que todo mundo entende, mas que já se esqueceu. Estou procurando essa Linguagem Universal, além de outras coisas.

“Por isso estou aqui. Porque tenho que encontrar um homem que conhece essa Linguagem Universal. Um Alquimista.”

A conversa foi interrompida pelo chefe do armazém.

— Vocês estão com sorte — disse o árabe gordo. — Sai hoje à tarde uma caravana para Al-Fayoum.

— Mas eu vou ao Egito — disse o rapaz.

— Al-Fayoum é no Egito — disse o dono.

— Que tipo de árabe você é?

O rapaz disse que era espanhol. O Inglês ficou satisfeito: mesmo vestido como árabe, o rapaz pelo menos era europeu.

— Ele chama de “sorte” os sinais — disse o Inglês, depois que o gordo árabe saiu. — Se eu pudesse, escreveria uma gigantesca enciclopédia sobre as palavras “sorte” e “coincidência”. É com essas palavras que se escreve a Linguagem Universal.

Depois comentou com o rapaz que não havia sido “coincidência” encontrá-lo com o Urim e o Tumim na mão. Perguntou se ele também estava indo em busca do Alquimista.

— Estou indo em busca de um tesouro — disse o rapaz, e arrependeu-se imediatamente. Mas o Inglês pareceu não dar importância.

— De certa forma, eu também estou — disse.

— E nem sei o que quer dizer Alquimia — completou o rapaz, quando o dono do armazém começou a chamá-los para fora.

— Eu sou o Líder da Caravana — disse um senhor de barba longa e olhos escuros. — Tenho poder de vida e de morte sobre cada pessoa que carrego. Porque o deserto é uma mulher caprichosa, e às vezes deixa os homens loucos.

Havia quase duzentas pessoas e o dobro de animais. Eram camelos, cavalos, burros, aves. O Inglês tinha várias malas, cheias de livros. Havia mulheres, crianças e vários homens com espadas na cintura e longas espingardas nos ombros. Um imenso burburinho enchia o local, e o Líder teve que repetir várias vezes suas palavras para que todos entendessem.

— Há vários homens e deuses diferentes no coração destes homens. Mas meu único Deus é Allah, e por ele eu juro que farei o possível e o melhor para vencer mais uma vez o deserto. Agora quero que cada um de vocês jure pelo Deus em que acredita, no fundo do seu coração, que irá me obedecer em qualquer circunstância. No deserto, a desobediência significa a morte.

Um murmúrio correu baixo por todas as pessoas. Estavam jurando em voz baixa diante de seu Deus. O rapaz jurou por Jesus Cristo. O Inglês ficou em silêncio. O murmúrio se estendeu um tempo maior do que uma simples jura; as pessoas também estavam pedindo proteção aos céus.

Ouviu-se um longo toque de clarim e cada um montou em seu animal. O rapaz e o Inglês haviam comprado camelos e subiram com uma certa dificuldade. O rapaz ficou com pena do camelo do Inglês: estava carregado com as pesadas sacolas de livros.

— Não existem coincidências — disse o Inglês, tentando continuar a conversa que haviam iniciado no armazém. — Foi um amigo que me trouxe até aqui, porque conhecia um árabe, que...

Mas a caravana começou a andar e ficou impossível escutar o que o Inglês estava dizendo. Entretanto, o rapaz sabia exatamente do que se tratava: a cadeia misteriosa que vai unindo uma coisa com a outra, que o tinha levado a ser pastor, a ter o mesmo sonho, e estar numa cidade perto da África, e encontrar na praça um rei, e ser roubado para conhecer um mercador de cristais, e...

"Quanto mais se chega perto do sonho, mais a Lenda Pessoal vai se tornando a verdadeira razão de viver", pensou o rapaz.

A CARAVANA COMEÇOU a seguir em direção ao poente. Viajavam de manhã, paravam quando o sol ficava mais forte e seguiam de novo ao entardecer. O rapaz conversava pouco com o Inglês, que passava a maior parte do tempo entretido com os livros.

Então, passou a observar em silêncio a marcha de animais e homens pelo deserto. Agora tudo era muito diferente do dia em que haviam partido: naquele dia, confusão e gritos, choros de crianças e relinchar de animais se misturavam com as ordens nervosas dos guias e dos comerciantes.

No deserto, porém, havia apenas o vento eterno, o silêncio e o casco dos animais. Mesmo os guias conversavam pouco entre si.

"Já cruzei muitas vezes estas areias", disse um cameleiro certa noite. "Mas o deserto é tão grande, os horizontes ficam tão longe, que fazem a gente se sentir pequeno e permanecer em silêncio."

O rapaz entendeu o que o cameleiro queria dizer, mesmo sem ter pisado antes num deserto. Todas as vezes que olhava o mar ou o fogo, era capaz de ficar horas em silêncio, sem pensar em nada, mergulhado na imensidão e na força dos elementos.

"Aprendi com ovelhas e aprendi com cristais", pensou ele. "Posso também aprender com o deserto. Ele me parece mais velho e mais sábio."

O vento não parava nunca. O rapaz lembrou-se do dia em que sentiu esse mesmo vento, sentado num forte em Tarifa. Talvez ele agora estivesse roçando de leve pela lã de suas ovelhas, que seguiam em busca de alimento e água pelos campos da Andaluzia.

"Não são mais minhas ovelhas", disse para si mesmo sem sentir saudades. "Devem ter-se acostumado a um novo pastor e já me esqueceram. Isto é bom. Quem está acostumado a viajar, como as ovelhas, sabe que é sempre necessário partir um dia."

Lembrou-se depois da filha do comerciante e teve certeza de que ela já havia casado. Quem sabe com um pipoqueiro, ou com um pastor que também soubesse ler e contasse histórias extraordinárias; afinal, ele não devia ser o único. Mas ficou impressionado com o seu pressentimento: talvez ele estivesse aprendendo também essa história de Linguagem Universal, que sabe o passado e o presente de todos os homens. "Pressentimentos", como sua mãe costumava dizer. O rapaz começou a entender que os pressentimentos eram os rápidos mergulhos que a alma dava nessa corrente universal de vida, em que a história de todos os homens está ligada entre si, e podemos saber tudo, porque tudo está escrito.

"Maktub", disse o rapaz, lembrando-se do Mercador de Cristais.

O deserto às vezes era feito de areia e às vezes de pedra. Se a caravana chegava em frente a uma pedra, ela a contornava; se estava diante de um rochedo, davam uma longa volta. Se a areia era fina demais para o casco dos camelos, procuravam um lugar onde fosse mais resistente. Às vezes o chão estava coberto de sal, no lugar onde um lago devia haver existido. Os animais então se queixavam e os cameleiros desciam e os desatolavam. Depois colocavam as cargas nas próprias costas, passavam pelo chão traiçoeiro e novamente carregavam os animais. Se um guia ficava doente ou morria, os cameleiros lançavam a sorte e escolhiam um novo guia.

Mas tudo isso acontecia por uma única razão: não importava quantas voltas tivesse que dar, a caravana seguia sempre em direção a um mesmo ponto. Depois de vencidos os obstáculos, ela se voltava de novo para o astro que indicava a posição do oásis. Quando as pessoas o viam brilhando no céu pela manhã, sabiam que ele indicava um lugar com mulheres, água, tâmaras e palmeiras. Só o Inglês não percebia aquilo: estava a maior parte do tempo imerso na leitura dos seus livros.

O rapaz também tinha um livro, que havia tentado ler nos primeiros dias de viagem. Mas achava muito mais interessante olhar a caravana e escutar o vento. Assim que aprendeu a conhecer melhor seu camelo e se afeiçoou a ele, jogou o livro fora. Era um peso desnecessário, apesar de o rapaz haver criado a superstição de que toda vez que abria o livro, encontrava alguém importante.

Terminou fazendo amizade com o cameleiro que viajava sempre ao seu lado. De noite, quando paravam em volta das fogueiras, costumava contar a ele suas aventuras como pastor.

Numa dessas conversas o cameleiro começou a falar de sua vida.

— Eu morava num lugar perto de El Cairum — contou. — Tinha minha horta, meus filhos e uma vida que não ia mudar até o dia de minha morte. Num ano em que a colheita foi melhor, seguimos todos para Meca e eu cumpri a única obrigação que estava faltando na minha vida. Podia morrer em paz, e gostava disso.

"Certo dia a terra começou a tremer, e o Nilo subiu além do seu limite. Aquilo que eu pensava que só acontecia com os outros, terminou acontecendo comigo. Meus vizinhos tiveram medo de perder suas oliveiras com a inundação; minha mulher teve receio de que nossos filhos fossem levados pelas águas. E eu tive pavor de ver destruído tudo o que havia conquistado.

Mas não houve jeito. A terra ficou imprestável e tive de arranjar outro meio de vida. Hoje sou cameleiro. Mas aí entendi a palavra de Allah: ninguém sente medo do desconhecido, porque qualquer pessoa é capaz de conquistar tudo o que quer e necessita.

"Só sentimos medo de perder aquilo que temos, seja nossa vida, sejam nossas plantações. Mas esse medo passa quando entendemos que nossa história e a história do mundo foram escritas pela mesma Mão."

Às VEZES AS CARAVANAS se encontravam durante a noite. Sempre uma delas tinha o que a outra estava precisando — como se realmente tudo fosse escrito por uma só Mão. Os cameleiros trocavam informações sobre as tempestades de vento e se reuniam em torno das fogueiras, contando histórias do deserto.

Outras vezes chegavam misteriosos homens encapuzados; eram beduínos que espionavam a rota seguida pelas caravanas. Davam notícias de assaltantes e tribos bárbaras. Chegavam no silêncio e partiam no silêncio, com as roupas negras deixando apenas os olhos de fora.

Numa dessas noites o cameleiro veio até a fogueira onde o rapaz e o Inglês estavam sentados.

— Há rumores de guerra entre os clãs — disse o cameleiro.

Os três ficaram quietos. O rapaz notou que havia medo no ar, mesmo que ninguém tivesse dito nenhuma palavra. Mais uma vez estava percebendo a linguagem sem palavras, a Linguagem Universal.

Depois de certo tempo, o Inglês perguntou se havia perigo.

— Quem entra no deserto não pode voltar — disse o cameleiro. — Quando não se pode voltar, só devemos ficar preocupados com a melhor maneira de seguir em frente. O resto é por conta de Allah, inclusive o perigo.

E concluiu dizendo a misteriosa palavra: "Maktub".

— Você precisa prestar mais atenção às caravanas — disse o rapaz ao Inglês, depois que o cameleiro saiu. — Elas dão muitas voltas, mas rumam sempre para o mesmo lugar.

— E você devia ler mais sobre o mundo — respondeu o Inglês. — Os livros são iguais às caravanas.

O imenso grupo de homens e animais começou a andar mais rápido. Além do silêncio durante o dia, as noites — quando as pessoas costumavam se reunir para conversar em torno das fogueiras — começaram a ficar também silenciosas. Certo dia o Líder da Caravana decidiu que nem fogueiras podiam mais ser acesas, para não chamar a atenção para a caravana.

Os viajantes passaram a fazer uma roda de animais e dormiam todos juntos no centro, tentando se proteger do frio noturno. O Líder passou a instalar sentinelas armadas em volta do grupo.

Numa daquelas noites o Inglês não conseguiu dormir. Chamou o rapaz e começaram a passear pelas dunas em volta do acampamento. Era uma noite de lua cheia e o rapaz contou ao Inglês toda a sua história.

O Inglês ficou fascinado com a loja que havia progredido depois que o rapaz começou a trabalhar nela.

— Esse é o princípio que move todas as coisas — disse. — Na Alquimia é chamado de Alma do Mundo. Quando você deseja algo de todo o seu coração, você está mais próximo da Alma do Mundo. Ela é sempre uma força positiva.

Disse também que isso não era apenas um dom dos homens: todas as coisas sobre a face da Terra tinham também uma alma, não importando se era mineral, vegetal, animal ou apenas um simples pensamento.

— Tudo o que está sob e sobre a face da Terra se transforma sempre, porque a Terra está viva; e tem uma alma. Somos parte dessa Alma e raramente sabemos que ela sempre trabalha em nosso favor. Mas você deve entender que, na loja dos cristais, até mesmo os vasos estavam colaborando para o seu sucesso.

O rapaz ficou em silêncio por algum tempo, olhando a lua e a areia branca.

— Tenho visto a caravana caminhando através do deserto — disse, por fim. — Ela e o deserto falam a mesma língua e por isso ele permite que ela o atravesse. Vai testar cada passo seu, para ver se está em perfeita sintonia com ele; e, se estiver, ela chegará até o oásis.

"Se um de nós chegasse aqui com muita coragem mas sem entender essa língua, ia morrer no primeiro dia."

Continuaram olhando a lua, juntos.

— Essa é a magia dos sinais — continuou o rapaz. — Tenho visto como os guias leem os sinais do deserto e como a alma da caravana conversa com a alma do deserto.

Depois de algum tempo, foi a vez de o Inglês falar.

— Preciso prestar mais atenção à caravana — disse, por fim.

— E eu preciso ler seus livros — acrescentou o rapaz.

Eram livros estranhos. Falavam em mercúrio, sal, dragões e reis, mas ele não conseguia entender nada. Entretanto, havia uma ideia que parecia repetida em quase todos os livros: todas as coisas eram manifestações de uma coisa só.

Num dos livros ele descobriu que o texto mais importante da Alquimia tinha apenas poucas linhas e havia sido escrito numa simples esmeralda.

— É a Tábua da Esmeralda — falou o Inglês, orgulhoso por ensinar alguma coisa ao rapaz.

— E então, para que tantos livros?

— Para entender essas linhas — respondeu o Inglês, sem estar muito convencido da própria resposta.

O livro que mais interessou ao rapaz contava a história dos alquimistas famosos. Eram homens que tinham dedicado sua vida inteira a purificar metais nos laboratórios; acreditavam que se um metal fosse cozinhado durante muitos e muitos anos, terminaria se libertando de todas as suas propriedades individuais e em seu lugar sobraria apenas a Alma do

Mundo. Esta Coisa Única permitia que os alquimistas entendessem qualquer coisa sobre a face da Terra, porque ela era a linguagem pela qual as coisas se comunicavam. Eles chamavam essa descoberta de Grande Obra — que era composta de uma parte líquida e uma parte sólida.

— Não basta observar os homens e os sinais para descobrir essa linguagem? — perguntou o rapaz.

— Você tem mania de simplificar tudo — respondeu o Inglês, irritado. — A Alquimia é um trabalho sério. Precisa que cada passo seja seguido exatamente como os mestres ensinaram.

O rapaz descobriu que a parte líquida da Grande Obra era chamada de Elixir da Longa Vida e curava todas as doenças, além de evitar que o alquimista ficasse velho. E a parte sólida era chamada de Pedra Filosofal.

— Não é fácil descobrir a Pedra Filosofal — disse o Inglês. — Os alquimistas ficavam muitos anos nos laboratórios, olhando aquele fogo que purificava os metais. Olhavam tanto o fogo, que aos poucos iam perdendo todas as vaidades do mundo. Então, um belo dia, descobriam que a purificação dos metais havia terminado por purificar a eles mesmos.

O rapaz se lembrou do Mercador de Cristais. Ele havia falado que tinha sido bom limpar seus vasos, para que ambos se libertassem também dos maus pensamentos. Estava cada vez mais convencido de que a Alquimia poderia ser aprendida na vida diária.

— Além disso — falou o Inglês —, a Pedra Filosofal tem uma propriedade fascinante. Uma pequena lasca dela é capaz de transformar grandes quantidades de metal em ouro.

A partir dessa frase, o rapaz ficou interessadíssimo em Alquimia. Pensava que, com um pouco de paciência, poderia transformar tudo em ouro. Leu a vida de várias pessoas que tinham conseguido: Helvétius, Elias, Fulcanelli, Geber. Eram histórias fascinantes: todos estavam vivendo até o fim sua Lenda Pessoal. Viajavam, encontravam sábios, faziam milagres na frente dos incrédulos, possuíam a Pedra Filosofal e o Elixir da Longa Vida.

Mas, quando queria aprender a maneira de conseguir a Grande Obra, ficava completamente perdido. Eram apenas desenhos, instruções em código, textos obscuros.

— Por que eles falam tão difícil? — perguntou certa noite ao Inglês. Notou também que o Inglês andava meio aborrecido e sentindo falta de seus livros.

— Para que só os que têm responsabilidade de entender que entendam — disse ele. — Imagine se todo mundo saísse transformando chumbo em ouro. Daqui a pouco o ouro não ia valer nada.

"Só os persistentes, só aqueles que pesquisam muito, é que conseguem a Grande Obra. Por isso estou no meio deste deserto. Para encontrar um verdadeiro Alquimista, que me ajude a decifrar os códigos."

— Quando foram escritos estes livros? — perguntou o rapaz.

— Há muitos séculos.

— Naquela época não havia imprensa — insistiu o rapaz. — Não havia jeito de todo mundo tomar conhecimento da Alquimia. Por que esta linguagem tão estranha, cheia de desenhos?

O Inglês não respondeu nada. Disse que há vários dias estava prestando atenção à caravana e que não conseguia descobrir nada de novo. A única coisa que tinha notado era que os comentários sobre a guerra aumentavam cada vez mais.

Um belo dia o rapaz entregou de volta os livros ao Inglês.

— Então, aprendeu muita coisa? — perguntou o outro, cheio de expectativa. Estava precisando de alguém com quem pudesse conversar para esquecer o medo da guerra.

— Aprendi que o mundo tem uma Alma, e quem entender essa Alma entenderá a linguagem das coisas. Aprendi que muitos alquimistas viveram sua Lenda Pessoal e terminaram descobrindo a Alma do Mundo, a Pedra Filosofal, o Elixir.

"Mas, sobretudo, aprendi que essas coisas são tão simples que podem ser escritas numa esmeralda."

O Inglês ficou decepcionado. Os anos de estudo, os símbolos mágicos, as palavras difíceis, os aparelhos de laboratório, nada disso havia impressionado o rapaz. "Ele deve ter uma alma primitiva demais para compreender isso", pensou.

Pegou seus livros e guardou nos sacos que pendiam do camelo.

— Volte para sua caravana — disse. — Ela tampouco me ensinou qualquer coisa.

O rapaz voltou a contemplar o silêncio do deserto e a areia levantada pelos animais. “Cada um tem sua maneira de aprender”, repetia consigo mesmo. “A maneira dele não é a minha e a minha maneira não é a dele. Mas ambos estamos em busca de nossa Lenda Pessoal, e eu o respeito por isso.”

A CARAVANA COMEÇOU a viajar dia e noite. A toda hora apareciam os mensageiros encapuzados, e o cameleiro — que havia se tornado amigo do rapaz — explicou que a guerra entre os clãs havia começado. Teriam muita sorte se conseguissem chegar ao oásis.

Os animais estavam exaustos e os homens, cada vez mais silenciosos. O silêncio era mais terrível na parte da noite, quando um simples relincho de camelo — que antes não passava de um relincho de camelo — agora assustava a todos e podia ser um sinal de invasão.

O cameleiro, porém, parecia não se impressionar muito com a ameaça de guerra.

— Estou vivo — disse ao rapaz, enquanto comia um prato de tâmaras na noite sem fogueiras e sem lua. — Enquanto estou comendo, não faço nada além de comer. Se estiver caminhando, apenas caminharei. Se tiver que lutar, será um dia tão bom para morrer como qualquer outro.

"Porque não vivo nem no meu passado, nem no meu futuro. Tenho apenas o presente, e ele é o que me interessa. Se você puder permanecer sempre no presente, então será um homem feliz. Vai perceber que no deserto existe vida, que o céu tem estrelas e que os guerreiros lutam porque isso faz parte da raça humana. A vida será uma festa, um grande festival, porque ela é sempre e apenas o momento que estamos vivendo."

Duas noites depois, quando se preparava para dormir, o rapaz olhou em direção ao astro que seguiam durante a noite. Achou que o horizonte estava um pouco mais baixo, porque em cima do deserto havia centenas de estrelas.

— É o oásis — disse o cameleiro.

— E por que não chegamos lá imediatamente?

— Porque precisamos dormir.

O RAPAZ ABRIU OS OLHOS quando o sol começava a surgir no horizonte. Diante dele, onde as pequenas estrelas haviam estado durante a noite, estendia-se uma fila interminável de tamareiras, cobrindo toda a frente do deserto.

— Conseguimos! — disse o Inglês, que também tinha acabado de acordar.

O rapaz, porém, mantinha-se calado. Aprendera o silêncio do deserto e contentava-se em olhar as tamareiras à sua frente. Ainda tinha que caminhar muito para chegar até as Pirâmides, e algum dia aquela manhã seria apenas uma lembrança. Mas agora ela era o momento presente, a festa da qual havia falado o cameleiro, e ele estava procurando vivê-la com as lições do seu passado e os sonhos do seu futuro. Um dia, aquela visão de milhares de tamareiras seria apenas uma lembrança. Mas para ele, naquele momento, significava sombra, água e um refúgio contra a guerra. Assim como um relincho de camelo podia se transformar em perigo, uma fila de tamareiras podia significar um milagre.

"O mundo fala muitas linguagens", pensou o rapaz.

"QUANDO OS TEMPOS ANDAM DEPRESSA, as caravanas correm também", pensou o Alquimista, enquanto via chegar centenas de pessoas e animais ao oásis. As pessoas gritavam atrás dos recém-chegados, a poeira encobria o sol do deserto e as crianças pulavam de excitação ao ver os estranhos. O Alquimista percebeu os chefes tribais se aproximarem do Líder da Caravana e conversarem longamente entre si.

Mas nada daquilo interessava ao Alquimista. Já havia visto muita gente chegar e partir, enquanto o oásis e o deserto permaneciam os mesmos. Tinha visto reis e mendigos pisando aquelas areias que sempre mudavam de forma por causa do vento, mas que eram as mesmas que havia conhecido quando criança. Mesmo assim, não conseguia conter no fundo do seu coração um pouco da alegria de vida que todo viajante experimentava quando, depois de terra amarela e céu azul, o verde das tamareiras aparecia diante de seus olhos. "Talvez Deus tenha criado o deserto para que o homem pudesse sorrir com as tamareiras", pensou ele.

Depois resolveu concentrar-se em assuntos mais práticos. Sabia que naquela caravana vinha o homem a quem devia ensinar parte de seus segredos. Os sinais lhe haviam contado isso. Ainda não conhecia esse homem, mas seus olhos experimentados o reconheceriam quando o vissem. Esperava que fosse alguém tão capaz como seu aprendiz anterior.

"Não sei por que essas coisas têm que ser transmitidas de boca para ouvido", pensava ele. Não era exatamente porque as coisas fossem secretas; Deus revelava prodigamente seus segredos a todas as criaturas.

Ele só conhecia uma explicação para esse fato: as coisas tinham que ser transmitidas assim porque elas seriam feitas de Vida Pura, e esse tipo de vida dificilmente consegue ser capturado em pinturas ou palavras.

Porque as pessoas se fascinam com pinturas e palavras e terminam se esquecendo da Linguagem do Mundo.

Os RECÉM-CHEGADOS foram trazidos imediatamente à presença dos chefes tribais de Al-Fayoum. O rapaz não podia acreditar no que via: em vez de um poço cercado de algumas palmeiras — como havia lido certa vez num livro de história —, o oásis era muito maior do que várias aldeias da Espanha. Tinha trezentos poços, cinquenta mil tamareiras e muitas tendas coloridas espalhadas entre elas.

— Parece as *Mil e uma noites* — disse o Inglês, impaciente para encontrar-se logo com o Alquimista.

Foram cercados logo pelas crianças, que olhavam curiosas os animais, os camelos e as pessoas que chegavam. Os homens queriam saber se tinham visto algum combate e as mulheres disputavam entre si os tecidos e pedras que os mercadores haviam trazido. O silêncio do deserto parecia um sonho distante; as pessoas falavam sem parar, riam e gritavam, como se tivessem saído de um mundo espiritual, para estarem de novo entre os homens. Estavam contentes e felizes.

Apesar das precauções do dia anterior, o cameleiro explicou ao rapaz que os oásis no deserto eram sempre considerados terrenos neutros, porque a maior parte dos habitantes eram mulheres e crianças. E havia oásis tanto de um lado como de outro; assim, os guerreiros iam lutar no deserto e deixavam os oásis como cidades de refúgio.

O Líder da Caravana reuniu todos com uma certa dificuldade, e começou a dar as instruções. Iam permanecer ali até que a guerra entre os clãs tivesse terminado. Como eram visitantes, deviam compartilhar as tendas com habitantes do oásis, que lhes dariam seus melhores lugares. Era a hospitalidade da Lei. Depois pediu que todos, inclusive suas próprias sentinelas, entregassem as armas aos homens indicados pelos chefes tribais.

— São as regras da Guerra — explicou o Líder da Caravana. Dessa maneira, os oásis não poderiam abrigar exércitos ou guerreiros.

Para surpresa do rapaz, o Inglês tirou de seu casaco um revólver cromado e entregou ao homem que recolhia as armas.

— Para que um revólver? — perguntou.

— Para aprender a confiar nos homens — respondeu o Inglês. Estava contente por haver chegado ao final de sua busca.

O rapaz, porém, pensava em seu tesouro. Quanto mais perto ele ficava de seu sonho, mais as coisas se tornavam difíceis. Não funcionava mais aquilo que o velho rei havia chamado de "sorte de principiante". O que funcionava, sabia ele, era o teste da persistência e da coragem de quem busca sua Lenda Pessoal. Por isso ele não podia se apressar, nem ficar impaciente.

Se agisse assim, ia terminar sem ver os sinais que Deus havia posto no seu caminho.

"Deus colocou no meu caminho", pensou o rapaz, surpreso consigo mesmo. Até aquele momento considerava os sinais como uma coisa do mundo. Algo como comer ou dormir, algo como procurar um amor ou conseguir um emprego. Nunca tinha pensado que essa era uma linguagem que Deus estava usando para mostrar-lhe o que devia fazer.

"Não fique impaciente", repetiu o rapaz para si mesmo. "Como disse o cameleiro, coma na hora de comer e caminhe na hora de caminhar."

No primeiro dia todos dormiram de cansaço, inclusive o Inglês. O rapaz havia ficado longe dele, numa tenda com outros cinco jovens de idade quase igual à sua. Era gente do deserto, e queriam saber histórias das grandes cidades.

O rapaz falou de sua vida como pastor e ia começar a contar sua experiência na loja de cristais, quando o Inglês entrou na tenda.

— Procurei-o a manhã inteira — disse, enquanto carregava o rapaz para fora. — Preciso que me ajude a descobrir onde mora o Alquimista.

Primeiro os dois tentaram encontrar sozinhos. Um Alquimista devia viver de maneira diferente das outras pessoas do oásis e em sua tenda era muito provável que um forno estivesse sempre aceso. Andaram bastante, até ficarem convencidos de que o oásis era muito maior do que podiam imaginar e com muitas centenas de tendas.

— Perdemos quase o dia inteiro — disse o Inglês, sentando-se com o rapaz perto de um dos poços do oásis.

— Talvez seja melhor perguntarmos — disse o rapaz.

O Inglês não queria dar a saber aos outros sua presença no oásis, e ficou bastante indeciso. Mas acabou concordando e pediu ao rapaz, que falava melhor o árabe, que fizesse isso. O rapaz se aproximou de uma mulher que havia chegado ao poço para encher de água um saco de pele de carneiro.

— Boa tarde, senhora. Gostaria de saber onde vive um Alquimista neste oásis — perguntou o rapaz.

A mulher disse que jamais tinha ouvido falar disso e foi imediatamente embora. Antes, porém, avisou ao rapaz que não deveria conversar com mulheres vestidas de preto, porque eram mulheres casadas. Ele tinha que respeitar a Tradição.

O Inglês ficou decepcionadíssimo. Tinha feito toda a sua viagem por nada. O rapaz ficou triste; seu companheiro também estava em busca de sua Lenda Pessoal. E, quando alguém faz isso, o Universo todo se esforça para que a pessoa consiga o que deseja, dissera o velho rei. Ele não podia estar enganado.

— Eu nunca tinha ouvido falar antes de alquimistas — disse o rapaz. — Senão tentaria ajudá-lo.

Alguma coisa brilhou nos olhos do Inglês.

— É isso! Talvez ninguém aqui saiba o que é um alquimista! Pergunte pelo homem que cura todas as doenças da aldeia!

Várias mulheres vestidas de preto vieram buscar água no poço e o rapaz não conversou com elas, por mais que o Inglês insistisse. Até que um homem se aproximou.

— Conhece alguém que cura as doenças da aldeia? — perguntou o rapaz.

— Allah cura todas as doenças — disse o homem, visivelmente apavorado com os estrangeiros. — Vocês estão em busca de bruxos.

E depois de dizer alguns versículos do Alcorão, seguiu seu caminho.

Um outro homem se aproximou. Era mais velho e trazia apenas um pequeno balde. O rapaz repetiu a pergunta.

— Por que vocês querem conhecer esse tipo de homem? — respondeu o árabe com outra pergunta.

— Porque meu amigo viajou muitos meses para encontrá-lo — disse o rapaz.

— Se esse homem existe no oásis, deve ser muito poderoso — disse o velho, depois de pensar por alguns instantes. — Nem os chefes tribais conseguiriam vê-lo quando precisam. Só quando ele assim determinasse.

"Esperem o final da guerra. E então partam com a caravana. Não procurem entrar na vida do oásis", concluiu, afastando-se.

Mas o Inglês ficou exultante. Estavam na pista certa.

Finalmente surgiu uma moça que não estava vestida de negro. Trazia um cântaro no ombro e a cabeça coberta com um véu, mas tinha o rosto descoberto. O rapaz aproximou-se para perguntar sobre o Alquimista.

* * *

Então foi como se o tempo parasse e a Alma do Mundo surgisse com toda a força diante do rapaz. Quando ele olhou seus olhos negros, seus lábios indecisos entre um sorriso e o silêncio, ele entendeu a parte mais importante e mais sábia da Linguagem que o mundo falava e que todas as pessoas da Terra eram capazes de entender em seus corações. E isto era chamado de Amor, uma coisa mais antiga que os homens e que o próprio deserto, e que no entanto ressurgia sempre com a mesma força onde quer que dois pares de olhos se cruzassem como se cruzaram aqueles dois pares de olhos diante de um poço. Os lábios finalmente resolveram dar um sorriso, e aquilo era um sinal, o sinal que ele esperou sem saber durante tanto tempo em sua vida, que tinha buscado nas ovelhas e nos livros, nos cristais e no silêncio do deserto.

Ali estava a pura Linguagem do Mundo, sem explicações, porque o Universo não precisava de explicações para continuar seu caminho no espaço sem fim. Tudo o que o rapaz entendia naquele momento era que estava diante da mulher de sua vida, e sem nenhuma necessidade de palavras, ela devia saber disso também. Tinha mais certeza disso do que de qualquer coisa no mundo, mesmo que seus pais e os pais de seus pais dissessem que era preciso namorar, noivar, conhecer a pessoa e ter dinheiro antes de se casar. Quem dizia isso talvez jamais tivesse conhecido a Linguagem Universal, porque, quando se mergulha nela, é fácil entender que sempre existe no mundo uma pessoa que espera a outra, seja no meio de um deserto, seja no meio das grandes cidades. E quando essas pessoas se cruzam e seus olhos se encontram, todo o passado e todo o futuro perdem qualquer importância; só existe aquele momento e aquela certeza incrível de que todas as coisas debaixo do sol foram escritas pela mesma Mão. A Mão que desperta o Amor e que fez uma alma gêmea para cada pessoa que trabalha, descansa e busca tesouros debaixo do sol. Porque sem isso não haveria qualquer sentido para os sonhos da raça humana.

"Maktub", pensou o rapaz.

O Inglês levantou-se de onde estava sentado e sacudiu o rapaz.

— Vamos, pergunte a ela!

O rapaz se aproximou da moça. Ela tornou a sorrir. Ele sorriu também.

— Como você se chama? — perguntou.

— Me chamo Fátima — disse a moça, olhando para o chão.

— É um nome que algumas mulheres têm na terra de onde venho.

— É o nome da filha do Profeta — disse Fátima. — Os guerreiros o levaram para lá.

A moça delicada falava de guerreiros com orgulho. Ao seu lado o Inglês insistia, e o rapaz perguntou pelo homem que curava todas as doenças.

— É um homem que conhece os segredos do mundo. Conversa com os djins do deserto — ela falou.

Os djins eram os demônios. E a moça apontou para o sul, para o lugar onde aquele estranho homem morava.

Depois encheu seu cântaro e partiu. O Inglês partiu também, em busca do Alquimista. E o rapaz ficou por muito tempo sentado ao lado do poço, entendendo que algum dia o Levante havia deixado em seu rosto o perfume daquela mulher, e que já a amava antes mesmo de saber que ela existia, e que seu amor por ela faria com que encontrasse todos os tesouros do mundo.

No dia seguinte o rapaz voltou ao poço, a fim de esperar a moça. Para sua surpresa, encontrou lá o Inglês, olhando pela primeira vez o deserto.

— Esperei a tarde e a noite — disse o Inglês. — Ele chegou junto com as primeiras estrelas. Eu lhe contei o que estava procurando. Então ele me perguntou se já havia transformado chumbo em ouro. Eu disse que era isso que queria aprender.

"Ele me mandou tentar. Foi tudo o que me disse: vá tentar."

O rapaz ficou quieto. O Inglês havia viajado tanto para ouvir o que já sabia. Aí ele se lembrou de que tinha dado seis ovelhas ao velho rei pela mesma razão.

— Então tente — disse para o Inglês.

— É isso que vou fazer. E vou começar agora.

Pouco depois que o Inglês saiu, Fátima chegou para apanhar água com seu cântaro.

— Vim dizer-lhe uma coisa simples — falou o rapaz. — Eu quero que você seja minha mulher. Eu te amo.

A moça deixou que seu cântaro derramasse a água.

— Vou esperá-la todos os dias aqui. Cruzei o deserto

em busca de um tesouro que se encontra perto das Pirâmides. A guerra foi para mim uma maldição. Agora ela é uma bênção, porque me deixa perto de você.

— A guerra um dia vai acabar — ponderou a moça.

O rapaz olhou as tamareiras do oásis. Havia sido pastor. E ali existiam muitas ovelhas. Fátima era mais importante que o tesouro.

— Os guerreiros buscam seus tesouros — continuou a moça, como se estivesse adivinhando o pensamento do rapaz. — E as mulheres do deserto têm orgulho dos seus guerreiros.

Depois tornou a encher seu cântaro e foi embora.

Todos os dias o rapaz ia ao poço esperar Fátima. Contou-lhe de sua vida de pastor, do rei, da loja de cristais. Ficaram amigos, e com exceção dos quinze minutos que passava com ela, o resto do dia custava infinitamente a passar. Quando já estava há quase um mês no oásis, o Líder da Caravana convocou todos para uma reunião.

— Não sabemos quando a guerra vai acabar e não podemos seguir viagem — disse. — Os combates devem durar por muito tempo, talvez muitos anos. Existem guerreiros fortes e valentes de ambos os lados e existe a honra de combater em ambos os exércitos. Não é uma guerra entre bons e maus. É uma guerra entre forças que lutam pelo mesmo poder; e quando esse tipo de batalha começa, demora mais que as outras — porque Allah está dos dois lados.

As pessoas se dispersaram. O rapaz tornou a encontrar-se com Fátima aquela tarde e contou da reunião.

— No segundo dia que nos encontramos — disse Fátima —, você me falou do seu amor. Depois me ensinou coisas belas, como a Linguagem e a Alma do Mundo. Tudo isso me faz aos poucos ser parte de você.

O rapaz ouvia sua voz e a achava mais bela que o barulho do vento nas folhas das tamareiras.

— Faz muito tempo que estive aqui neste poço esperando por você. Não consigo me lembrar do meu passado, da Tradição, da maneira que os homens esperam que se comportem as mulheres do deserto. Desde criança eu sonhava que o deserto ia me trazer o maior presente de minha vida. O presente chegou, afinal, e é você.

O rapaz pensou em tocar sua mão. Mas Fátima segurava as alças do cântaro.

— Você me falou dos seus sonhos, do velho rei e do tesouro. Você me falou dos sinais. Então não tenho medo de nada, porque foram esses sinais que me trouxeram você. E eu sou parte do seu sonho, da sua Lenda Pessoal, como você costuma chamar.

"Por isso quero que siga em direção ao que veio buscar. Se tiver que esperar o final da guerra, muito bem. Mas, se tiver que seguir antes, vá em direção à sua lenda. As dunas mudam com o vento, mas o deserto permanece o mesmo. Assim será com nosso amor.

"Maktub", disse. "Se eu for parte de sua Lenda, você voltará um dia."

O rapaz saiu triste do encontro com Fátima. Ele se lembrava de muita gente que havia conhecido. Os pastores casados tinham muita dificuldade em convencer suas esposas de que precisavam andar pelos campos. O amor exigia estar junto da pessoa amada.

No dia seguinte ele contou tudo isso a Fátima.

— O deserto leva nossos homens e nem sempre os traz de volta — disse ela. — Então nos acostumamos com isso. E eles passam a existir nas nuvens sem chuva, nos animais que se escondem entre as pedras, na água que sai generosa da terra. Eles passam a fazer parte de tudo, passam a ser a Alma do Mundo.

"Alguns retornam. E então todas as outras mulheres ficam felizes, porque os homens que elas esperam também podem voltar um dia. Antes eu olhava essas mulheres e invejava sua felicidade. Agora vou ter também uma pessoa para esperar.

"Sou uma mulher do deserto e me orgulho disso. Quero que meu homem também caminhe livre como o vento que move as dunas. Quero também poder ver meu homem nas nuvens, nos animais e na água."

O rapaz foi procurar o Inglês. Queria contar-lhe sobre Fátima. Ficou surpreso quando viu que o Inglês havia construído um pequeno forno ao lado de sua tenda. Era um forno estranho, com um frasco transparente em cima. O Inglês alimentava o fogo com lenha e olhava o deserto. Seus olhos pareciam ter mais brilho quando passava o tempo todo lendo livros.

— Esta é a primeira fase do trabalho — disse o Inglês. — Tenho que separar o enxofre impuro. Para isso, não posso ter medo de falhar. O meu medo de falhar foi que me impediu de tentar a Grande Obra até hoje. É agora que estou começando o que podia ter começado dez anos atrás. Mas me sinto feliz de não ter esperado vinte anos para isso.

E continuou a alimentar o fogo e a olhar o deserto. O rapaz ficou ao seu lado por algum tempo, até que o deserto começou a ficar rosado com a luz do entardecer. Então ele sentiu uma imensa vontade de ir até lá, para ver se o silêncio conseguia responder às suas perguntas.

Caminhou sem destino por algum tempo, mantendo as tamareiras do oásis ao alcance de seus olhos. Escutava o vento e sentia as pedras sob seus pés. Às vezes encontrava alguma concha e sabia que aquele deserto, num tempo remoto, havia sido um grande mar. Depois, sentou-se numa pedra e deixou-se hipnotizar pelo horizonte que existia à sua frente. Não conseguia entender o Amor sem o sentimento de posse; mas Fátima era uma mulher do deserto, e se alguém podia lhe ensinar isso, era o deserto.

Ficou assim, sem pensar em nada, até que pressentiu um movimento sobre sua cabeça. Olhando para o céu, viu que eram dois gaviões, voando muito alto.

O rapaz começou a olhar os gaviões e os desenhos que eles faziam no céu. Parecia uma coisa desordenada, entretanto tinham algum sentido para o rapaz. Apenas não conseguia compreender seu significado.

Decidiu então que devia acompanhar com os olhos o movimento dos pássaros e talvez pudesse ler alguma coisa. Talvez o deserto pudesse lhe explicar o amor sem posse.

Começou a sentir sono. Seu coração pediu que não dormisse: em vez disso, devia se entregar. "Estava penetrando na Linguagem do Mundo e tudo nesta Terra faz sentido, até mesmo o voo de gaviões", disse. E aproveitou para agradecer pelo fato de estar cheio de amor por uma mulher. "Quando se ama, as coisas fazem ainda mais sentido", pensou.

De repente, um gavião deu um rápido mergulho no céu e atacou o outro. Quando fez esse movimento, o rapaz teve uma súbita e rápida visão: um exército, de espadas desembainhadas, entrando no oásis. A visão logo sumiu, mas aquilo o deixou sobressaltado. Tinha ouvido falar das miragens e já havia visto algumas: eram desejos que se materializavam sobre a areia do deserto. Entretanto, ele não desejava um exército invadindo o oásis.

Pensou em esquecer aquilo e voltar à sua meditação. Tentou novamente concentrar-se no deserto cor-de-rosa e nas pedras. Mas alguma coisa em seu coração não o deixava quieto.

"Siga sempre os sinais", dissera o velho rei. E o rapaz pensou em Fátima. Lembrou-se do que havia visto e pressentiu que estava próximo de acontecer.

Com muita dificuldade, saiu do transe em que havia entrado. Levantou-se e começou a caminhar em direção às tamareiras. Mais uma vez percebia as muitas linguagens das coisas: desta vez, o deserto era seguro e o oásis se transformara em perigo.

O cameleiro estava sentado aos pés de uma tamareira, também olhando o pôr do sol. Viu quando o rapaz surgiu por detrás de uma das dunas.

— Um exército se aproxima — disse. — Tive uma visão.

— O deserto enche de visões o coração de um homem — respondeu o cameleiro.

Mas o rapaz lhe contou dos gaviões: estava olhando seu voo quando tinha mergulhado de repente na Alma do Mundo.

O cameleiro ficou quieto; entendia o que o rapaz estava falando. Sabia que qualquer coisa na face da Terra pode contar a história de todas as coisas. Se abrisse um livro em qualquer página, ou olhasse as mãos das pessoas, ou cartas de baralho, ou voo dos pássaros, ou seja lá o que fosse, qualquer pessoa iria encontrar um laço com a coisa que estava vivendo. Na verdade, não eram as coisas que mostravam nada; eram as pessoas que, olhando para as coisas, descobriam a maneira de penetrar na Alma do Mundo.

O deserto estava cheio de homens que ganhavam a vida porque podiam penetrar com facilidade na Alma do Mundo. Eram conhecidos por adivinhos e temidos por mulheres e velhos. Os guerreiros raramente os consultavam, porque era impossível entrar numa batalha sabendo quando se vai morrer. Os guerreiros preferiam o sabor da luta e a emoção do desconhecido; o futuro havia sido escrito por Allah, e o que quer que Ele tivesse escrito, era sempre para o bem do homem. Então os guerreiros viviam apenas o presente, porque o presente era cheio de surpresas e eles tinham que prestar atenção em muitas coisas: onde estava a espada do inimigo, onde estava seu cavalo, qual o próximo golpe que devia desferir para salvar a vida.

O cameleiro não era guerreiro e já havia consultado alguns adivinhos. Muitos disseram coisas certas, outros disseram coisas erradas. Até que um deles, o mais velho (e o mais temido), perguntou por que o cameleiro estava tão interessado em saber o futuro.

— Para que possa fazer as coisas — respondeu o cameleiro. — E mudar o que não gostaria que acontecesse.

— Então deixará de ser seu futuro — argumentou o adivinho.

— Talvez então eu queira saber o futuro para me preparar para as coisas que virão.

— Se forem coisas boas, será uma agradável surpresa — disse o adivinho. — Se forem coisas ruins, você estará sofrendo muito antes de elas acontecerem.

— Quero saber o futuro porque sou um homem — retrucou o cameleiro para o adivinho. — E os homens vivem em função do seu futuro.

O adivinho ficou quieto por algum tempo. Ele era especialista no jogo de varetas, que eram atiradas ao chão e interpretadas segundo a maneira como caíam.

Naquele dia ele não jogou as varetas. Envolveu-as num lenço e tornou a colocá-las no bolso.

— Ganho a vida adivinhando o futuro das pessoas — disse ele. — Conheço a ciência das varetas e sei como utilizá-la para penetrar nesse espaço em que tudo está escrito. Ali posso ler o passado, descobrir o que já foi esquecido e entender os sinais do presente.

"Quando as pessoas me consultam, eu não estou lendo o futuro; estou adivinhando o futuro. Porque o futuro pertence a Deus e ele só o revela em circunstâncias extraordinárias. E como consigo adivinhar o futuro? Pelos sinais do presente. No presente é que está o segredo; se você prestar atenção ao presente, poderá melhorá-lo. E se você melhorar o presente, o que acontecerá depois também será melhor. Esqueça o futuro e viva cada dia de sua vida nos ensinamentos da Lei e na confiança de que Deus cuida dos seus filhos. Cada dia traz em si a Eternidade."

O cameleiro quis saber quais as circunstâncias em que Deus permitia ver o futuro:

— Quando Ele mesmo o mostra. E Deus mostra o futuro raramente e por uma única razão: é um futuro que foi escrito para ser mudado.

Deus tinha mostrado um futuro ao rapaz, pensou o cameleiro. Porque queria que o rapaz fosse o Seu instrumento.

— Vá falar com os chefes tribais — disse o cameleiro. — Conte dos guerreiros que se aproximam.

— Eles vão rir de mim.

— São homens do deserto, e os homens do deserto estão acostumados com os sinais.

— Então já devem saber.

— Não estão preocupados com isso. Acreditam que, se tiverem de saber algo que Allah deseje lhes contar, alguma pessoa lhes dirá isso. Já aconteceu muitas vezes antes. Mas, hoje, essa pessoa é você.

O rapaz pensou em Fátima. E resolveu ir ver os chefes tribais.

— Trago sinais do deserto — disse ao guarda que ficava na porta da imensa tenda branca no centro do oásis. — Quero ver os chefes.

O guarda não disse nada. Entrou e demorou-se muito lá dentro. Depois saiu com um árabe jovem, vestido de branco e ouro. O rapaz contou ao jovem o que havia visto. Ele pediu que esperasse um pouco e tornou a entrar.

A noite caiu. Entraram e saíram vários árabes e mercadores. Aos poucos as fogueiras foram se apagando e o oásis começou a ficar tão silencioso como o deserto. Só a luz da grande tenda continuava acesa. Durante todo esse tempo, o rapaz pensava em Fátima, ainda sem entender a conversa daquela tarde.

Finalmente, depois de muitas horas de espera, o guarda mandou que o rapaz entrasse.

O que viu deixou-o extasiado. Nunca poderia imaginar que, no meio do deserto, existisse uma tenda como aquela. O chão estava coberto com os mais belos tapetes que já havia pisado, e do teto pendiam lustres de metal amarelo trabalhado, coberto de velas acesas. Os chefes tribais estavam sentados no fundo da tenda, em semicírculo, descansando seus braços e pernas em almofadas de seda com ricos bordados. Criados entravam e saíam com bandejas de prata cheias de especiarias e chá. Alguns se encarregavam de manter acesas as brasas dos narguilés. Um suave perfume de fumo enchia o ambiente.

Havia oito chefes, mas o rapaz logo percebeu quem era o mais importante: um árabe vestido de branco e ouro, sentado no centro do semicírculo. Ao seu lado estava o jovem árabe com quem tinha conversado antes.

— Quem é o estrangeiro que fala de sinais? — perguntou um dos chefes, olhando para ele.

— Sou eu — respondeu. E contou o que havia visto.

— E por que o deserto ia contar isso a um estranho, quando sabe que estamos há várias gerações aqui? — disse outro chefe tribal.

— Porque meus olhos ainda não se acostumaram com o deserto — respondeu o rapaz. — E eu posso ver coisas que os olhos habituados demais não conseguem mais ver.

"É porque eu sei da Alma do Mundo", pensou consigo mesmo. Mas não falou nada, porque os árabes não acreditam nessas coisas.

— O oásis é um território neutro. Ninguém ataca um oásis — alegou um terceiro chefe.

— Eu conto apenas o que vi. Se não quiserem acreditar, não façam nada.

Um completo silêncio abateu-se sobre a tenda, seguido de uma exaltada conversa entre os chefes tribais. Falavam num dialeto árabe que o rapaz não entendia, mas, quando ele fez menção de ir embora, um guarda disse para ficar. O rapaz começou a sentir medo; os sinais diziam que havia alguma coisa errada. Lamentou haver conversado com o cameleiro a respeito.

De repente, o velho que estava no centro deu um sorriso quase imperceptível e o rapaz tranquilizou-se. O velho não havia participado da discussão e não dissera uma palavra até aquele momento. Mas o rapaz já estava acostumado com a Linguagem do Mundo e pôde sentir uma vibração de Paz cruzando a tenda de ponta a ponta. Sua intuição dizia que havia agido corretamente em vir.

A discussão acabou. Ficaram em silêncio por algum tempo, ouvindo o velho. Depois, ele se virou para o rapaz: desta vez seu rosto estava frio e distante.

— Há dois mil anos, numa terra distante, jogaram num poço e venderam como escravo um homem que acreditava em sonhos — disse o velho. — Nossos mercadores o compraram e o trouxeram para o Egito. E todos nós sabemos que quem acredita em sonhos também sabe interpretá-los.

"Embora nem sempre consiga realizá-los", pensou o rapaz, lembrando-se da velha cigana.

— Por causa dos sonhos do faraó com vacas magras e gordas, este homem livrou o Egito da fome. Seu nome era José. Era também um estrangeiro numa terra estrangeira, como você, e devia ter mais ou menos a sua idade.

O silêncio continuou. Os olhos do velho se mantinham frios.

— Sempre seguimos a Tradição. A Tradição salvou o Egito da fome naquela época e o fez o mais rico entre os povos. A Tradição ensina como os homens devem atravessar o deserto e casar suas filhas. A Tradição diz que um oásis é um terreno neutro, porque ambos os lados têm oásis e são vulneráveis.

Ninguém disse qualquer palavra enquanto o velho falava.

— Mas a Tradição diz também para acreditarmos nas mensagens do deserto. Tudo o que sabemos foi o deserto que nos ensinou.

O velho fez um sinal e todos os árabes se levantaram. A reunião estava para terminar. Os narguilés foram apagados e os guardas se colocaram em posição de sentido. O rapaz preparou-se para sair, mas o velho falou ainda mais uma vez:

— Amanhã nós vamos romper um acordo que diz que ninguém no oásis pode portar armas. Durante o dia inteiro aguardaremos os inimigos. Quando o sol descer no horizonte, os homens me devolverão as armas. Para cada dez inimigos mortos, você receberá uma moeda de ouro.

"Entretanto, as armas não podem sair do seu lugar sem experimentar a batalha. São caprichosas como o deserto e, se as acostumamos com isso, da próxima vez podem ter preguiça de disparar. Se nenhuma delas tiver sido utilizada amanhã, pelo menos uma será usada em você."

O OÁSIS ESTAVA ILUMINADO apenas pela lua cheia quando o rapaz saiu. Eram vinte minutos de caminhada até sua tenda e ele começou a andar.

Estava assustado com tudo o que havia acontecido. Tinha mergulhado na Alma do Mundo e o preço por acreditar nisso era a sua vida. Uma aposta alta. Mas tinha apostado alto desde o dia em que havia vendido suas ovelhas para seguir sua Lenda Pessoal. E como dizia o cameleiro, morrer amanhã era tão bom como morrer em qualquer outro dia. Todo dia era feito para ser vivido ou para abandonar o mundo. Tudo dependia apenas de uma palavra: "Maktub".

Caminhou em silêncio. Não estava arrependido. Se morresse amanhã, seria porque Deus não estava com vontade de mudar o futuro. Mas teria morrido depois de haver cruzado o estreito, trabalhado em uma loja de cristais, conhecido o silêncio do deserto e os olhos de Fátima. Tinha vivido intensamente cada um dos seus dias, desde que havia saído de casa, há tanto tempo. Se morresse amanhã, seus olhos teriam visto muito mais coisas do que os olhos dos outros pastores, e o rapaz tinha orgulho disso.

De repente ouviu um estrondo e foi jogado subitamente por terra, com o impacto de um vento que não conhecia. O lugar encheu-se de poeira, que quase cobriu a lua. À sua frente, um enorme cavalo branco empinou soltando um relincho aterrador.

O rapaz mal podia ver o que se passava, mas, quando a poeira assentou um pouco, sentiu um pavor que jamais havia sentido antes. Em cima do cavalo estava um cavaleiro todo vestido de negro, com um falcão em seu ombro esquerdo. Usava um turbante e um lenço que lhe cobria todo o rosto, deixando apenas os olhos de fora. Parecia o mensageiro do deserto, mas sua presença era mais forte do que todas as pessoas que havia conhecido na vida.

O estranho cavaleiro puxou a enorme espada curva que trazia presa à sela. O aço brilhou com a luz da lua.

— Quem ousou ler o voo dos gaviões? — perguntou com uma voz tão forte que pareceu ecoar entre as cinquenta mil tamareiras do Al-Fayoum.

— Eu ousei — disse o rapaz. Lembrou-se imediatamente da imagem de Santiago Matamouros em seu cavalo branco com os infiéis sob os cascos. Era exatamente assim. Só que agora a situação estava invertida.

— Eu ousei — repetiu o rapaz e abaixou a cabeça para receber o golpe da espada. — Muitas vidas serão salvas, porque vocês não contavam com a Alma do Mundo.

A espada, porém, não desceu rápido. A mão do estranho foi abaixando lentamente, até que a ponta da lâmina tocou na testa do rapaz. Era tão afiada que saiu uma gota de sangue.

O cavaleiro estava completamente imóvel. O rapaz também. Não pensou um minuto sequer em fugir. Dentro do seu coração, uma estranha alegria tomou conta dele: ia morrer por sua Lenda Pessoal. E por Fátima. Os sinais eram verdadeiros, enfim. Ali estava o Inimigo, e por causa disso ele não precisava se preocupar com a morte, porque havia uma Alma do Mundo. Daqui a pouco ele estaria fazendo parte dela. E amanhã o Inimigo faria parte dela também.

O estranho, porém, apenas mantinha a espada em sua testa.

— Por que você leu o voo dos pássaros?

— Li apenas o que os pássaros queriam contar. Eles querem salvar o oásis, e vocês morrerão. O oásis tem mais homens que vocês.

A espada continuava em sua testa.

— Quem é você para mudar o destino de Allah?

— Allah fez os exércitos e fez também os pássaros. Allah me mostrou a linguagem dos pássaros. Tudo foi escrito pela mesma Mão — disse o rapaz, lembrando as palavras do cameleiro.

O estranho finalmente retirou a espada da testa. O rapaz sentiu um certo alívio. Mas não podia fugir.

— Cuidado com as adivinhações — declarou o estranho. — Quando as coisas estão escritas, não há como evitá-las.

— Apenas vi um exército — respondeu o rapaz. — Não vi o resultado de uma batalha.

O cavaleiro parecia contente com a resposta. Mas mantinha a espada na sua mão.

— O que faz um estrangeiro numa terra estrangeira?

— Busco minha Lenda Pessoal. Algo que você não entenderá nunca.

O cavaleiro colocou a espada na bainha e o falcão em seu ombro deu um grito estranho. O rapaz começou a relaxar.

— Precisava testar sua coragem — disse o estranho. — A coragem é o dom mais importante para quem busca a Linguagem do Mundo.

O rapaz ficou surpreso. Aquele homem estava falando em coisas que pouca gente conhecia.

— É preciso não relaxar nunca, mesmo tendo chegado tão longe — continuou ele. — É preciso amar o deserto, mas jamais confiar inteiramente nele. Porque o deserto é uma prova para todos os homens: testa cada passo e mata quem se distrai.

Suas palavras lembravam as palavras do velho rei.

— Se os guerreiros chegarem, e sua cabeça ainda estiver sobre o pescoço depois que o sol morrer, me procure — disse o estranho.

A mesma mão que havia segurado a espada, empunhou um chicote. O cavalo empinou de novo, levantando uma nuvem de poeira.

— Onde você mora? — gritou o rapaz, enquanto o cavaleiro se afastava.

A mão com o chicote apontou em direção ao sul.

O rapaz tinha encontrado o Alquimista.

NA MANHÃ SEGUINTE havia dois mil homens armados entre as tamareiras de Al-Fayoum. Antes que o sol chegasse ao topo do céu, quinhentos guerreiros apareceram no horizonte. Os cavaleiros entraram no oásis pela parte norte; parecia uma expedição de paz, mas havia armas escondidas sob os mantos brancos. Quando chegaram perto da grande tenda que ficava no centro de Al-Fayoum, puxaram as cimitarras e as espingardas. E atacaram uma tenda vazia.

Os homens do oásis cercaram os cavaleiros do deserto. Em meia hora havia quatrocentos e noventa e nove corpos espalhados pelo chão. As crianças estavam no outro extremo do bosque de tamareiras, e não viram nada. As mulheres rezavam por seus maridos nas tendas, e também não viram nada. Não fosse pelos corpos espalhados, o oásis parecia viver um dia normal.

Apenas um guerreiro foi poupado, o comandante do batalhão. De tarde ele foi conduzido aos chefes tribais, que lhe perguntaram por que havia rompido a Tradição. O comandante disse que seus homens estavam com fome e sede, exaustos por tantos dias de batalha, e haviam decidido tomar um oásis para poder recomeçar a luta.

O chefe tribal disse que sentia pelos guerreiros, mas a Tradição jamais pode ser rompida. A única coisa que muda no deserto são as dunas, quando sopra o vento.

Depois condenou o comandante a uma morte sem honra. Em vez do aço ou da bala de fuzil, ele foi enforcado numa tamareira também morta. Seu corpo balançou com o vento do deserto.

O chefe tribal chamou o estrangeiro e lhe deu cinquenta moedas de ouro. Depois tornou a recordar a história de José no Egito e pediu-lhe que fosse o conselheiro do oásis.

Quando o sol se pôs por completo e as primeiras estrelas começaram a aparecer (não brilhavam muito, porque a lua cheia continuava), o rapaz andou em direção ao sul. Havia apenas uma tenda, e alguns árabes que passavam diziam que o lugar era cheio de djins. Mas o rapaz sentou-se e esperou durante muito tempo.

O Alquimista apareceu quando a lua já estava alta no céu. Trazia dois gaviões mortos no ombro.

— Aqui estou — disse o rapaz.

— Não devia estar — respondeu o Alquimista. — Ou sua Lenda Pessoal era chegar até aqui?

— Existe uma guerra entre os clãs. Não é possível cruzar o deserto.

O Alquimista desceu do cavalo e fez sinal para que o rapaz entrasse com ele na tenda. Era uma tenda igual a todas as outras que havia conhecido no oásis — exceto a grande tenda central, que tinha o luxo dos contos de fada. Ele procurou os aparelhos e fornos de Alquimia, mas não encontrou nada. Havia apenas uns poucos livros empilhados, um fogão para cozinhar e os tapetes cheios de desenhos misteriosos.

— Sente-se, que vou preparar um chá — disse o Alquimista. — E comeremos juntos estes gaviões.

O rapaz suspeitou que eram os mesmos pássaros que havia visto no dia anterior, mas não disse nada. O Alquimista acendeu o fogo e em pouco tempo um delicioso cheiro de carne enchia a tenda. Era melhor que o perfume dos narguilés.

— Por que quis me ver? — perguntou o rapaz.

— Por causa dos sinais — respondeu o Alquimista. — O vento me contou que você viria. E que ia precisar de ajuda.

— Não sou eu. É o outro estrangeiro, o Inglês. Ele é que o estava buscando.

— Ele tem que encontrar outras coisas antes de me encontrar. Mas está no caminho certo. Passou a olhar o deserto.

— E eu?

— Quando se quer uma coisa, todo o Universo conspira para que a pessoa consiga realizar seu sonho — disse o Alquimista, repetindo as palavras do velho rei. O rapaz entendeu. Outro homem estava no seu caminho, para conduzi-lo até sua Lenda Pessoal.

— Então você vai me ensinar?

— Não. Você já sabe tudo de que precisa. Vou apenas fazê-lo seguir em direção ao seu tesouro.

— Existe uma guerra entre os clãs — repetiu o rapaz.

— Eu conheço o deserto.

— Já encontrei meu tesouro. Tenho um camelo, o dinheiro da loja de cristais e cinquenta moedas de ouro. Posso ser um homem rico na minha terra.

— Mas nada disso está perto das Pirâmides — argumentou o Alquimista.

— Tenho Fátima. É um tesouro maior que todo este que consegui juntar.

— Também ela não está perto das Pirâmides.

Comeram os gaviões em silêncio. O Alquimista abriu uma garrafa e derramou um líquido vermelho no copo do rapaz. Era vinho, um dos melhores vinhos que havia tomado em sua vida. Mas o vinho era proibido pela lei.

— O mal não é o que entra na boca do homem — ponderou o Alquimista. — O mal é o que sai dela.

O rapaz começou a sentir-se alegre com o vinho. Mas o Alquimista lhe inspirava medo. Sentaram-se do lado de fora da tenda, olhando o brilho da lua, que ofuscava as estrelas.

— Beba e se distraia um pouco — disse o Alquimista, notando que o rapaz começava a ficar cada vez mais alegre. — Repouse como um guerreiro sempre repousa antes do combate. Mas não esqueça que o seu coração está onde está o seu tesouro. E que seu tesouro precisa ser encontrado, para que tudo isso que você descobriu no caminho possa fazer sentido.

"Amanhã venda seu camelo e compre um cavalo. Os camelos são traiçoeiros: andam milhares de passos e não dão qualquer sinal de cansaço. De repente, porém, ajoelham e morrem. Os cavalos vão se cansando aos poucos. E você sempre poderá saber quanto pode exigir deles ou a época em que vão morrer."

Na noite seguinte o rapaz apareceu com um cavalo na tenda do Alquimista. Esperou um pouco e ele apareceu, montado em seu animal e com o falcão no ombro esquerdo.

— Mostre-me a vida no deserto — disse o Alquimista. — Só quem acha vida pode encontrar tesouros.

Começaram a caminhar pelas areias, com a lua ainda brilhando sobre os dois. "Não sei se vou conseguir encontrar vida no deserto", pensou o rapaz. "Não conheço ainda o deserto."

Quis virar-se e dizer isso ao Alquimista, mas tinha medo dele. Chegaram ao lugar de pedras, onde o rapaz havia visto os gaviões no céu; entretanto, tudo era silêncio e vento.

— Não consigo encontrar vida no deserto — disse o rapaz. — Sei que ela existe, mas não consigo encontrá-la.

— A vida atrai a vida — respondeu o Alquimista.

E o rapaz entendeu. Na mesma hora soltou as rédeas de seu cavalo e ele saiu livremente pelas pedras e areia. O Alquimista seguia em silêncio e o cavalo do rapaz andou por quase meia hora. Já não podiam mais ver as tamareiras do oásis, apenas a lua gigantesca no céu e as rochas brilhando, cor de prata. De repente, num lugar onde jamais havia estado antes, o rapaz notou que seu cavalo parava.

— Aqui existe vida — respondeu o rapaz ao Alquimista. — Não conheço a linguagem do deserto, mas meu cavalo conhece a linguagem da vida.

Desmontaram. O Alquimista não disse nada. Começou a olhar as pedras, caminhando devagar. De repente, ele parou e abaixou-se com todo o cuidado. Havia um buraco no chão, entre as pedras; o Alquimista enfiou a mão dentro dele, e depois enfiou o braço até o ombro. Alguma coisa se mexeu lá dentro e os olhos do Alquimista — ele só podia ver os olhos — se estreitavam de esforço e tensão. O braço parecia lutar com o que havia dentro do buraco. Mas, num salto que assustou o rapaz, o Alquimista retirou o braço e ficou imediatamente de pé. Sua mão trazia uma serpente agarrada pelo rabo.

O rapaz também deu um salto, só que para trás. A cobra debatia-se sem cessar, emitindo ruídos e silvos que feriam o silêncio do deserto. Era uma naja, cujo veneno podia matar um homem em poucos minutos.

"Cuidado com o veneno", chegou a pensar o rapaz. Mas o Alquimista havia colocado a mão no buraco e já devia ter sido mordido. Seu rosto, porém, estava tranquilo. "O Alquimista tem duzentos anos", havia falado o Inglês. Já devia saber como lidar com cobras no deserto.

O rapaz viu quando seu companheiro foi até o cavalo e puxou a longa espada em forma de meia-lua. Com ela, traçou um círculo no chão e colocou a cobra no meio. O animal aquietou-se imediatamente.

— Pode ficar tranquilo — disse o Alquimista. — Ela não vai sair dali. E você descobriu a vida no deserto, o sinal de que eu estava precisando.

— Por que isso era tão importante?

— Porque as Pirâmides estão cercadas de deserto.

O rapaz não queria ouvir falar nas Pirâmides. Seu coração estava pesado e triste, desde a noite anterior. Porque seguir em busca do seu tesouro significava ter que abandonar Fátima.

— Vou guiá-lo pelo deserto — falou o Alquimista.

— Quero ficar no oásis — respondeu o rapaz. — Já encontrei Fátima. E ela, para mim, vale mais que o tesouro.

— Fátima é uma mulher do deserto — disse o Alquimista. — Sabe que os homens devem partir, para poderem voltar. Ela já encontrou seu tesouro: você. Agora espera que você encontre o que busca.

— E se eu resolver ficar?

— Será o conselheiro do oásis. Tem ouro suficiente para comprar muitas ovelhas e muitos camelos. Vai casar-se com Fátima e viverão felizes no primeiro ano. Aprenderá a amar o deserto e vai conhecer cada uma das cinquenta mil tamareiras. Perceberá como elas crescem, mostrando um mundo que muda sempre. E irá cada vez entender mais os sinais, porque o deserto é um mestre melhor que todos os mestres.

"No segundo ano você se lembrará que existe um tesouro. Os sinais começarão a falar insistentemente sobre isso e você tentará ignorá-los. Usará seu conhecimento apenas para o bem-estar do oásis e dos seus habitantes. Os chefes tribais lhe agradecerão por isso. Os seus camelos lhe trarão riqueza e poder.

"No terceiro ano os sinais continuarão a falar sobre seu tesouro e sua Lenda Pessoal. Você vai ficar noites e noites andando pelo oásis, e Fátima será uma mulher triste, porque fez com que seu caminho fosse interrompido. Mas você lhe dará amor e será correspondido. Você vai se lembrar que ela jamais pediu que ficasse, porque uma mulher do deserto sabe esperar seu homem. Por isso não vai culpá-la. Mas vai andar muitas noites pelas areias do deserto, e por entre as tamareiras, pensando que talvez pudesse ter ido adiante, ter confiado mais no seu amor por Fátima. Porque o que o manteve no oásis foi seu próprio medo de não voltar nunca. E, a essa altura, os sinais lhe indicarão que seu tesouro está enterrado para sempre.

"No quarto ano, os sinais o abandonarão, porque você não quis ouvi-los. Os chefes tribais irão entender isso e você será destituído do Conselho. Já será, então, um rico comerciante, com muitos camelos e muitas mercadorias. Mas passará o resto dos seus dias vagando entre as tamareiras e o deserto, sabendo que não cumpriu sua Lenda Pessoal e que agora é tarde demais para isso.

"Sem jamais compreender que o Amor nunca impede um homem de seguir sua Lenda Pessoal. Quando isso acontece, é porque não era o verdadeiro Amor, aquele que fala a Linguagem do Mundo."

O Alquimista desfez o círculo no chão e a cobra correu, desaparecendo entre as pedras. O rapaz lembrava o Mercador de Cristais que sempre quis ir a Meca e o Inglês que buscava um Alquimista. O rapaz lembrava uma mulher que confiou no deserto e o deserto um dia lhe trouxe a pessoa que desejava amar.

Montaram em seus cavalos, e desta vez foi o rapaz que seguiu o Alquimista. O vento trazia os ruídos do oásis e ele tentava identificar a voz de Fátima. Naquele dia não tinha ido ao poço por causa da batalha.

Mas esta noite, enquanto olhavam uma cobra dentro de um círculo, o estranho cavaleiro com seu falcão no ombro havia falado de amor e de tesouros, das mulheres do deserto e da sua Lenda Pessoal.

— Vou com você — disse o rapaz. E imediatamente sentiu paz no coração.

— Partimos amanhã antes que o sol nasça — foi a única resposta do Alquimista.

O RAPAZ PASSOU A NOITE INTEIRA EM CLARO. Duas horas antes do amanhecer, acordou um dos jovens que dormia na sua tenda e pediu que lhe mostrasse onde morava Fátima. Saíram juntos e foram até lá. Em troca, o rapaz lhe deu dinheiro para comprar uma ovelha.

Depois pediu que descobrisse onde Fátima dormia e que a acordasse e dissesse que ele a estava esperando. O jovem árabe fez isso e em troca ganhou dinheiro para comprar outra ovelha.

— Agora deixe-nos a sós — disse ao árabe, que voltou à sua tenda para dormir, orgulhoso de haver ajudado o conselheiro do oásis e contente por ter dinheiro para comprar ovelhas.

Fátima apareceu na porta da tenda. Os dois saíram para andar entre as tamareiras. O rapaz sabia que era contra a Tradição, mas isso não tinha nenhuma importância agora.

— Vou partir — disse. — E quero que saiba que vou voltar. Eu te amo porque...

— Não diga nada — interrompeu Fátima. — Ama-se porque se ama. Não há qualquer razão para amar.

Mas o rapaz continuou:

— Eu te amo porque tive um sonho, encontrei um rei, vendi cristais, cruzei o deserto, os clãs declararam guerra e estive num poço para saber onde morava um Alquimista. Eu te amo porque todo o Universo conspirou para que eu chegasse até você.

Os dois se abraçaram. Era a primeira vez que um corpo tocava no outro.

— Voltarei — repetiu o rapaz.

— Antes eu olhava o deserto com desejo — disse Fátima. — Agora será com esperança. Meu pai um dia partiu, mas voltou para minha mãe e continua voltando sempre.

E não disseram mais nada. Andaram um pouco entre as tamareiras e o rapaz a deixou na porta da tenda.

— Voltarei como seu pai voltou para a sua mãe — afirmou. Reparou que os olhos de Fátima estavam cheios d'água.

— Você chora?

— Sou uma mulher do deserto — disse ela, escondendo o rosto. — Mas, acima de tudo, sou uma mulher.

Fátima entrou na tenda. Daí a pouco o sol ia aparecer. Quando o dia chegasse, ela ia sair e fazer aquilo que havia feito durante tantos anos; mas tudo havia mudado. O rapaz já não estava mais no oásis, e o oásis não teria mais o significado que tinha até pouco tempo antes. Não seria mais o lugar com cinquenta mil tamareiras e trezentos poços, aonde os peregrinos chegavam contentes depois de uma longa viagem. O oásis, daquele dia em diante, seria um lugar vazio para ela.

A partir daquele dia, o deserto ia ser mais importante. Iria olhar para ele sempre, tentando saber qual estrela o rapaz estava seguindo em busca do tesouro. Haveria de mandar seus beijos pelo vento, na esperança de que ele tocasse o rosto do rapaz, e lhe contasse que estava viva, esperando por ele, como uma mulher espera um homem de coragem, que segue em busca de sonhos e tesouros. A partir daquele dia, o deserto ia ser apenas uma coisa: a esperança de sua volta.

— Não pense no que ficou para trás — disse o Alquimista, quando começaram a cavalgar pelas areias do deserto. — Tudo está gravado na Alma do Mundo e ali permanecerá para sempre.

— Os homens sonham mais com a volta do que com a partida — disse o rapaz, que já estava se acostumando de novo com o silêncio do deserto.

— Se o que você encontrou é feito de matéria pura, jamais apodrecerá. E você poderá voltar um dia. Se foi apenas um momento de luz, como a explosão de uma estrela, então não vai encontrar nada quando voltar. Mas terá visto uma explosão de luz. E só isso já valeu a pena.

O homem falava em linguagem de Alquimia. Mas o rapaz sabia que ele estava se referindo a Fátima.

Era difícil não pensar no que havia ficado para trás. O deserto, com sua paisagem quase sempre igual, costumava-se encher de sonhos. O rapaz ainda via as tamareiras, os poços e o rosto da mulher amada. Via o Inglês com seu laboratório e o cameleiro que era um mestre e não sabia. "Talvez o Alquimista jamais tenha amado", pensou o rapaz.

O Alquimista cavalgava na sua frente, com o falcão nos ombros. O falcão conhecia bem a linguagem do deserto, e quando eles paravam, a ave saía do ombro do Alquimista e voava em busca de alimento. No primeiro dia trouxe uma lebre. No segundo, dois pássaros.

De noite, estendiam seus cobertores e não acendiam fogueiras. As noites do deserto eram frias, e iam ficando escuras à medida que a lua começava a diminuir no céu. Durante uma semana andaram em silêncio, conversando apenas sobre as precauções necessárias para evitar os combates entre os clãs. A guerra continuava e o vento às vezes trazia o cheiro adocicado de sangue. Alguma batalha havia sido travada por perto e o vento recordava ao rapaz que havia a Linguagem dos Sinais, sempre pronta para mostrar o que seus olhos não conseguiam ver.

Quando completaram sete dias de viagem, o Alquimista resolveu acampar mais cedo do que de costume. O falcão saiu em busca de caça e ele tirou o cantil de água e ofereceu ao rapaz.

— Você agora está quase no final da viagem — disse o Alquimista. — Meus parabéns por haver seguido sua Lenda Pessoal.

— E você está me guiando em silêncio — afirmou o rapaz. — Pensei que ia me ensinar aquilo que sabe. Faz algum tempo que estive no deserto com um homem que tinha livros de Alquimia. Mas não consegui aprender nada.

— Só existe uma maneira de aprender — respondeu o Alquimista. — É através da ação. Tudo o que você precisava saber, a viagem lhe ensinou. Falta apenas uma coisa.

O rapaz quis saber o que era, mas o Alquimista manteve os olhos fixos no horizonte, esperando pela volta do falcão.

— Por que o chamam de Alquimista?

— Porque sou.

— E o que havia de errado com os outros alquimistas, que buscaram ouro e não conseguiram?

— Buscavam apenas ouro — respondeu seu companheiro. — Buscavam o tesouro de sua Lenda Pessoal, sem desejarem viver a própria Lenda.

— O que me falta saber? — insistiu o rapaz.

Mas o Alquimista continuou olhando o horizonte. Depois de algum tempo o falcão retornou com a comida. Cavaram um buraco e acenderam a fogueira dentro dele, para que ninguém pudesse ver a luz das chamas.

— Sou um Alquimista porque sou um Alquimista — disse ele, enquanto preparavam a comida. — Aprendi a ciência de meus avós, que aprenderam de seus avós, e assim até a criação do mundo. Naquela época, toda a ciência da Grande Obra podia ser escrita numa simples esmeralda. Mas os homens não deram importância às coisas simples e começaram a escrever tratados, interpretações e estudos filosóficos. Começaram também a dizer que sabiam melhor o caminho que os outros.

"Mas a Tábua da Esmeralda continua viva até hoje."

— O que estava escrito na Tábua da Esmeralda? — quis saber o rapaz.

O Alquimista começou a desenhar na areia e não demorou mais do que cinco minutos. Enquanto ele desenhava, o rapaz lembrou-se do velho rei e da praça onde haviam se encontrado um dia; parecia que se tinham passado muitos e muitos anos.

— Isto estava escrito na Tábua da Esmeralda — disse o Alquimista, quando acabou de escrever.

O rapaz aproximou-se e leu as palavras na areia.

— É um código — constatou o rapaz, um pouco decepcionado com a Tábua da Esmeralda. — Parece com os livros do Inglês.

— Não — respondeu o Alquimista. — É como o voo dos gaviões; não deve ser compreendida simplesmente pela razão. A Tábua da Esmeralda é uma passagem direta para a Alma do Mundo.

"Os sábios entenderam que este mundo natural é apenas uma imagem e uma cópia do Paraíso. A simples existência deste mundo é a garantia de que existe um mundo mais perfeito que ele. Deus o criou para que, através das coisas visíveis, os homens pudessem compreender seus ensinamentos espirituais e as maravilhas de sua sabedoria. Isto é que eu chamo de ação."

— Devo entender a Tábua da Esmeralda? — perguntou o rapaz.

— Talvez, se você estivesse num laboratório de Alquimia, agora seria o momento certo para estudar a melhor maneira de entender a Tábua da Esmeralda. Entretanto você está no deserto. Então mergulhe no deserto. Ele serve para compreender o mundo tanto como qualquer outra coisa sobre a face da Terra. Você nem precisa entender o deserto: basta contemplar um simples grão de areia e verá nele todas as maravilhas da Criação.

— Como faço para mergulhar no deserto?

— Escute seu coração. Ele conhece todas as coisas, porque veio da Alma do Mundo e um dia retornará para ela.

Andaram em silêncio mais dois dias. O Alquimista estava muito mais cauteloso, porque se aproximavam da zona de combates mais violentos. E o rapaz procurava escutar seu coração.

Era um coração difícil; antes estava acostumado a partir sempre e agora queria chegar a todo custo. Às vezes, seu coração ficava muitas horas contando histórias de saudades, outras vezes se emocionava com o nascer do sol no deserto e fazia o rapaz chorar escondido. O coração batia mais rápido quando falava ao rapaz sobre o tesouro e ficava mais vagaroso quando os olhos dele se perdiam no horizonte sem fim do deserto. Mas nunca estava em silêncio, mesmo que o rapaz não trocasse uma palavra com o Alquimista.

— Por que temos que escutar o coração? — perguntou o rapaz quando acamparam aquele dia.

— Porque, onde ele estiver, é onde estará o seu tesouro.

— Meu coração é agitado — disse o rapaz. — Tem sonhos, se emociona e está apaixonado por uma mulher do deserto. Ele me pede coisas e não me deixa dormir muitas noites, quando penso nela.

— É bom. Seu coração está vivo. Continue a ouvir o que ele tem a dizer.

Nos três dias seguintes os dois passaram por alguns guerreiros e viram outros no horizonte. O coração do rapaz começou a falar sobre o medo. O Alquimista lhe contava histórias que tinha ouvido da Alma do Mundo, histórias de homens que foram em busca de seus tesouros e jamais o encontraram. Às vezes assustava o rapaz com o pensamento de que poderia não conseguir o tesouro, ou poderia morrer no deserto. Outras vezes dizia ao rapaz que já estava satisfeito, que já havia encontrado um amor e muitas moedas de ouro.

— Meu coração é traiçoeiro — disse o rapaz ao Alquimista, quando eles pararam para descansar um pouco os cavalos. — Não quer que eu continue.

— Isso é bom — respondeu o Alquimista. — Prova que seu coração está vivo. É natural ter medo de trocar por um sonho tudo aquilo que já se conseguiu.

— Então, para que devo escutar meu coração?

— Porque você não vai conseguir jamais mantê-lo calado. E mesmo que finja não escutar o que ele diz, ele estará dentro do seu peito, repetindo sempre o que pensa sobre a vida e o mundo.

— Mesmo que ele seja traiçoeiro?

— A traição é o golpe que você não espera. Se você conhecer bem seu coração, ele jamais conseguirá isso. Porque você conhecerá seus sonhos e seus desejos, e saberá lidar com eles.

“Ninguém consegue fugir do seu coração. Por isso

é melhor escutar o que ele diz. Para que jamais venha um golpe que você não espera."

O rapaz continuou a escutar seu coração enquanto caminhavam pelo deserto. Passou a conhecer suas artimanhas e seus truques, e passou a aceitá-lo como era. Então o rapaz deixou de ter medo e deixou de ter vontade de voltar, porque certa tarde o seu coração lhe disse que estava contente. "Mesmo que eu reclame um pouco", dizia seu coração, "é porque sou um coração de homem, e os corações de homem são assim. Têm medo de realizar seus maiores sonhos, porque acham que não o merecem, ou não vão consegui-lo. Nós, os corações, morremos de medo só de pensar em amores que partiram para sempre, em momentos que poderiam ter sido bons e que não foram, em tesouros que poderiam ter sido descobertos e ficaram para sempre escondidos na areia. Porque, quando isso acontece, terminamos sofrendo muito."

— Meu coração tem medo de sofrer — disse o rapaz ao Alquimista, numa noite em que olhavam o céu sem lua.

— Diga a ele que o medo de sofrer é pior do que o próprio sofrimento. E que nenhum coração jamais sofreu quando foi em busca de seus sonhos, porque cada momento de busca é um momento de encontro com Deus e com a Eternidade.

"Cada momento de busca é um momento de encontro", disse o rapaz ao seu coração. "Enquanto procurei meu tesouro, todos os dias foram dias luminosos, porque eu sabia que cada hora fazia parte do sonho de encontrar. Enquanto procurei esse meu tesouro, descobri no caminho coisas que jamais teria sonhado encontrar, se não tivesse tido a coragem de tentar coisas impossíveis aos pastores."

Então seu coração ficou quieto por uma tarde inteira. De noite, o rapaz dormiu tranquilo, e quando acordou, o seu coração começou a lhe contar as coisas da Alma do Mundo. Disse que todo homem feliz era um homem que trazia Deus dentro de si. E que a felicidade poderia ser encontrada num simples grão de areia do deserto, como o Alquimista havia falado. Porque um grão de areia é um momento da Criação e o Universo demorou milhões de anos para criá-lo. "Cada homem na face da Terra tem um tesouro que está esperando por ele", disse seu coração. Nós, os corações, costumamos falar pouco desse tesouro, porque os homens já não querem mais encontrá-lo. Só falamos dele para as crianças. Depois deixamos que a vida encaminhe cada um em direção ao seu destino. Mas, infelizmente, poucos seguem o caminho que lhes está traçado, e que é o caminho da Lenda Pessoal e da felicidade. Acham o mundo uma coisa ameaçadora — e por causa disso o mundo se torna uma coisa ameaçadora.

"Então nós, os corações, vamos falando cada vez mais baixo, mas não nos calamos nunca. E torcemos para que nossas palavras não sejam ouvidas: não queremos que os homens sofram porque não seguiram o coração."

— Por que o coração não conta aos homens que devem continuar seguindo seus sonhos? — perguntou o rapaz ao Alquimista.

— Porque, nesse caso, o coração é o que sofre mais. E os corações não gostam de sofrer.

O rapaz entendeu seu coração a partir daquele dia. Pediu que nunca mais o deixasse. Pediu que, quando estivesse longe de seus sonhos, o coração apertasse no peito e desse o sinal de alarme. O rapaz jurou que, sempre que escutasse esse sinal, também o seguiria.

Naquela noite conversou tudo com o Alquimista. E o Alquimista entendeu que o coração do rapaz havia voltado para a Alma do Mundo.

— O que faço agora? — perguntou o rapaz.

— Siga em direção às Pirâmides — disse o Alquimista. — E continue atento aos sinais. Seu coração já é capaz de lhe mostrar o tesouro.

— Era isso que estava faltando saber?

— Não — respondeu o Alquimista. — O que está faltando saber é o seguinte:

"Sempre antes de realizar um sonho, a Alma do Mundo resolve testar tudo aquilo que foi aprendido durante a caminhada. Ela faz isso não porque seja má, mas para que possamos, junto com o nosso sonho, conquistar também as lições que aprendemos seguindo em direção a ele. É o momento em que a maior parte das pessoas desiste. É o que chamamos, em linguagem do deserto, de 'morrer de sede quando as tamareiras já apareceram no horizonte'.

"Uma busca começa sempre com a Sorte de Principiante. E termina sempre com a Prova do Conquistador."

O rapaz lembrou-se de um velho provérbio de sua terra. Dizia que a hora mais escura era a que vinha antes de o sol nascer.

No dia seguinte apareceu o primeiro sinal concreto de perigo. Três guerreiros se aproximaram e perguntaram o que os dois estavam fazendo por ali.

— Vim caçar com o meu falcão — respondeu o Alquimista.

— Precisamos revistá-los para ver se não levam armas — disse um dos guerreiros.

O Alquimista desceu devagar de seu cavalo. O rapaz fez o mesmo.

— Para que tanto dinheiro? — perguntou o guerreiro, quando viu a bolsa do rapaz.

— Para chegar ao Egito — disse ele.

O guarda que estava revistando o Alquimista encontrou um pequeno frasco de cristal cheio de líquido e um ovo de vidro amarelado, pouco maior que o ovo de uma galinha.

— Que são estas coisas? — perguntou o guarda.

— É a Pedra Filosofal e o Elixir da Longa Vida. É a Grande Obra dos Alquimistas. Quem tomar este elixir jamais ficará doente, e uma lasca desta pedra transforma qualquer metal em ouro.

Os guardas riram a valer e o Alquimista riu com

eles. Tinham achado a resposta muito engraçada e os deixaram partir sem maiores contratempos, com todos os seus pertences.

— Você está louco? — perguntou o rapaz ao Alquimista, quando já haviam se distanciado bastante. — Para que você fez isso?

— Para mostrar a você uma simples lei do mundo — respondeu o Alquimista. — Quando temos os grandes tesouros diante de nós, nunca percebemos. E sabe por quê? Porque os homens não acreditam em tesouros.

Continuaram andando pelo deserto. A cada dia que passava, o coração do rapaz ia ficando mais silencioso. Já não queria saber das coisas passadas ou das coisas futuras; contentava-se também em contemplar o deserto e beber junto com o rapaz a Alma do Mundo. Ele e seu coração tornaram-se grandes amigos — um passou a ser incapaz de trair o outro.

Quando o coração falava, era para dar estímulo e força ao rapaz, que às vezes achava terrivelmente maçantes os dias de silêncio. O coração contou-lhe pela primeira vez suas grandes qualidades: sua coragem de abandonar as ovelhas, de viver sua Lenda Pessoal, e seu entusiasmo na loja de cristais.

Contou-lhe também mais uma coisa, que o rapaz nunca havia notado: os perigos que passaram perto e que ele não tinha percebido. Seu coração disse que certa vez escondera a pistola que ele tinha roubado do pai, pois havia grande chance de se ferir com ela. E lembrou um dia que o rapaz passara mal em pleno campo, vomitara, e depois dormira por muito tempo:

havia dois assaltantes mais adiante que estavam planejando roubar suas ovelhas e assassiná-lo. Mas, como o rapaz não aparecia, resolveram ir embora, achando que ele tinha mudado de rota.

— O coração sempre ajuda os homens? — perguntou o rapaz ao Alquimista.

— Só aos que vivem sua Lenda Pessoal. Mas ajuda muito as crianças, os bêbados e os velhos.

— Quer dizer então que não há perigo?

— Quer dizer apenas que o coração se esforça ao máximo — respondeu o Alquimista.

Certa tarde, passaram pelo acampamento de um dos clãs. Havia árabes em vistosas roupas brancas, com armas encilhadas em todos os cantos. Os homens fumavam narguilé e conversavam sobre os combates. Ninguém prestou atenção nos dois viajantes.

— Não há qualquer perigo — disse o rapaz, quando já tinham se afastado um pouco do acampamento.

O Alquimista ficou furioso.

— Confie em seu coração — alertou —, mas não se esqueça de que você está no deserto. Quando os homens estão em guerra, a Alma do Mundo também sente os gritos de combate. Ninguém deixa de sofrer as consequências de cada coisa que se passa debaixo do sol.

"Tudo é uma coisa única", pensou o rapaz.

E como se o deserto quisesse mostrar que o velho Alquimista estava certo, dois cavaleiros surgiram por detrás dos viajantes.

— Não podem seguir adiante — disse um deles. — Vocês estão nas areias onde os combates são travados.

— Não vou muito longe — respondeu o Alquimista, olhando fundo nos olhos dos guerreiros. Eles ficaram quietos por alguns minutos e depois concordaram com a viagem dos dois.

O rapaz assistiu àquilo tudo fascinado.

— Você dominou os guardas com o olhar — comentou ele.

— Os olhos mostram a força da alma — respondeu o Alquimista.

Era verdade, pensou o rapaz. Havia percebido que, no meio da multidão de soldados no acampamento, um deles estava olhando fixo para os dois. E estava tão distante que não dava sequer para ver direito sua face. Mas o rapaz tinha certeza de que estava olhando para eles.

Finalmente, quando começaram a cruzar uma montanha que se estendia por todo o horizonte, o Alquimista disse que faltavam dois dias para chegarem às Pirâmides.

— Se vamos nos separar logo — respondeu o rapaz — me ensine Alquimia.

— Você já sabe. É penetrar na Alma do Mundo e descobrir o tesouro que ela reservou para nós.

— Não é isso que quero saber. Falo de transformar chumbo em ouro.

O Alquimista respeitou o silêncio do deserto e só respondeu ao rapaz quando pararam para comer.

— Tudo no Universo evolui — disse ele. — E, para os sábios, o ouro é o metal mais evoluído. Não pergunte por quê; não sei. Sei apenas que a Tradição está sempre certa.

"Os homens é que não interpretaram bem as palavras dos sábios. E, em vez de símbolo de evolução, o ouro passou a ser o sinal das guerras."

— As coisas falam muitas linguagens — disse o rapaz. — Vi quando o relincho de camelo era apenas um relincho, depois passou a ser sinal de perigo e finalmente tornou-se de novo um relincho.

Mas calou-se. O Alquimista devia saber tudo aquilo.

— Conheci verdadeiros alquimistas — continuou. — Trancavam-se no laboratório e tentavam evoluir como o ouro; descobriam a Pedra Filosofal. Porque haviam entendido que, quando uma coisa evolui, evolui também tudo o que está a sua volta.

"Outros conseguiram a Pedra por acidente. Já tinham o dom; a alma estava mais desperta do que a das outras pessoas. Mas esses não contam, porque são raros.

"Outros, enfim, buscavam apenas o ouro. Estes jamais descobriram o segredo. Esqueceram-se de que o chumbo, o cobre, o ferro também têm sua Lenda Pessoal para cumprir. Quem interfere na Lenda Pessoal dos outros nunca descobrirá a sua."

As palavras do Alquimista soaram como uma maldição. Ele abaixou-se e pegou uma concha no solo do deserto.

— Isto um dia já foi mar — disse.

— Já tinha reparado — respondeu o rapaz.

O Alquimista pediu ao rapaz que colocasse a concha no ouvido. Ele tinha feito isso muitas vezes quando era criança e escutado o barulho do mar.

— O mar continua dentro desta concha, porque é sua Lenda Pessoal. E jamais a abandonará, até que o deserto se cubra novamente de água.

Depois montaram em seus cavalos e seguiram em direção às Pirâmides do Egito.

O sol tinha começado a descer quando o coração do rapaz deu sinal de perigo. Estavam no meio de gigantescas dunas e o rapaz olhou o Alquimista, mas este parecia não haver notado nada. Cinco minutos depois o rapaz percebeu dois cavaleiros a sua frente, as silhuetas cortadas contra o sol. Antes que pudesse falar com o Alquimista, os dois cavaleiros se transformaram em dez, depois em cem, até que as gigantescas dunas ficaram cobertas deles.

Eram guerreiros vestidos de azul, com uma tiara negra sobre o turbante. Os rostos estavam cobertos por outro véu azul, deixando apenas os olhos de fora.

Mesmo distantes, os olhos mostravam a força da alma. E aqueles olhos falavam em morte.

Levaram os dois para um acampamento militar nas imediações. Um soldado empurrou o rapaz e o Alquimista para dentro de uma tenda. Era uma tenda diferente das que havia conhecido no oásis; ali estava um comandante reunido com seu estado-maior.

— São os espiões — disse um dos homens.

— Somos apenas viajantes — respondeu o Alquimista.

— Vocês foram vistos no acampamento inimigo há três dias. E conversaram com um dos guerreiros.

— Sou um homem que caminha pelo deserto e conhece as estrelas — disse o Alquimista. — Não tenho informações de tropas nem do movimento dos clãs. Apenas guiava meu amigo até aqui.

— Quem é seu amigo? — perguntou o comandante.

— Um alquimista — respondeu o Alquimista. — Conhece os poderes da natureza. E deseja mostrar ao comandante sua capacidade extraordinária.

O rapaz ouvia em silêncio. E com medo.

— O que faz um estrangeiro numa terra estrangeira? — indagou outro homem.

— Trouxe dinheiro para oferecer a seu clã — respondeu o Alquimista, antes que o rapaz dissesse qualquer palavra. E pegando a bolsa do rapaz, entregou as moedas de ouro ao general.

O árabe aceitou em silêncio. Dava para comprar muitas armas.

— O que é um alquimista? — perguntou, finalmente.

— Um homem que conhece a natureza e o mundo. Se ele quisesse, destruía este acampamento apenas com a força do vento.

Os homens riram. Estavam acostumados com a força da guerra, e o vento não detém um golpe mortal. Dentro do peito de cada um deles, porém, o coração apertava. Eram homens do deserto e tinham medo dos feiticeiros.

— Quero ver — disse o General.

— Precisamos de três dias — respondeu o Alquimista. — E ele vai se transformar em vento, apenas para mostrar a força de seu poder. Se não conseguir, nós lhe oferecemos humildemente nossas vidas, pela honra de seu clã.

— Não pode me oferecer o que já é meu — retrucou, arrogante, o general. Mas concedeu os três dias aos viajantes.

O rapaz estava paralisado de terror. Saiu da tenda porque o Alquimista lhe segurou os braços.

— Não deixe que eles percebam seu medo — disse o Alquimista. — São homens corajosos e desprezam os covardes.

O rapaz, porém, estava sem voz. Só conseguiu falar depois de algum tempo, enquanto caminhavam pelo acampamento. Não havia necessidade de prisão: os árabes apenas tiraram seus cavalos. E mais uma vez o mundo mostrou suas muitas linguagens: o deserto, antes um terreno livre e sem fim, era agora uma muralha intransponível.

— Você deu todo o meu tesouro! — exclamou o rapaz. — Tudo o que eu ganhei em toda a minha vida!

— E para que lhe adiantaria isso, se tivesse que morrer? — respondeu o Alquimista. — Seu dinheiro o salvou por três dias. Poucas vezes o dinheiro serve para adiar a morte.

Mas o rapaz estava apavorado demais para ouvir palavras sábias. Não sabia como se transformar em vento. Não era um alquimista.

O Alquimista pediu chá a um guerreiro e colocou um pouco nos pulsos do rapaz. Uma onda de tranquilidade invadiu seu corpo, enquanto o Alquimista dizia algumas palavras que ele não conseguia compreender.

— Não se entregue ao desespero — disse o Alquimista, com uma voz estranhamente doce. — Isso faz com que você não consiga conversar com seu coração.

— Mas eu não sei me transformar em vento.

— Quem vive sua Lenda Pessoal sabe tudo o que precisa saber. Só uma coisa torna um sonho impossível: o medo de fracassar.

— Não tenho medo de fracassar. Apenas não sei me transformar em vento.

— Pois terá que aprender. Sua vida depende disso.

— E se eu não conseguir?

— Vai morrer enquanto vivia sua Lenda Pessoal. É muito melhor do que morrer como milhões de pessoas, que jamais souberam que a Lenda Pessoal existia.

"Entretanto não se preocupe. Geralmente a morte faz com que as pessoas fiquem mais sensíveis à vida."

O primeiro dia se passou. Houve uma grande batalha nas imediações e vários feridos foram trazidos para o acampamento militar. "Nada muda com a morte", pensava o rapaz. Os guerreiros que morriam eram substituídos por outros, e a vida continuava.

— Poderias ter morrido mais tarde, meu amigo — disse o guarda para o corpo de um companheiro seu. — Poderias ter morrido quando chegasse a paz. Mas irias terminar morrendo de qualquer jeito.

No fim do dia, o rapaz foi procurar o Alquimista. Ele estava levando o falcão para o deserto.

— Não sei me transformar em vento — repetiu o rapaz.

— Lembre-se do que eu lhe disse: de que o mundo é apenas a parte visível de Deus. De que a Alquimia é trazer para o plano material a perfeição espiritual.

— O que você faz?

— Alimento meu falcão.

— Se eu não conseguir me transformar em vento, nós vamos morrer — afirmou o rapaz. — Para que alimentar o falcão?

— Quem vai morrer é você — disse o Alquimista. — Eu sei me transformar em vento.

No segundo dia, o rapaz foi para o alto de uma rocha que ficava perto do acampamento. As sentinelas o deixaram passar; já tinham ouvido falar do bruxo que se transformava em vento e não queriam chegar perto dele. Além disso, o deserto era uma grande e intransponível muralha.

Ficou o resto da tarde do segundo dia olhando o deserto. Escutou seu coração. E o deserto escutou seu medo.

Ambos falavam a mesma língua.

No terceiro dia, o General reuniu-se com os principais comandantes.

— Vamos ver o garoto que se transforma em vento — disse o General ao Alquimista.

— Vamos ver — respondeu o Alquimista.

O rapaz os conduziu até o lugar onde havia estado no dia anterior. Então pediu que todos se sentassem.

— Vai demorar um pouco — disse o rapaz.

— Não temos pressa — respondeu o General. — Somos homens do deserto.

O RAPAZ COMEÇOU a olhar o horizonte à sua frente. Havia montanhas ao longe, dunas, rochas e plantas rasteiras que insistiam em viver onde a sobrevivência era improvável. Ali estava o deserto, que ele tinha percorrido durante tantos meses e do qual, mesmo assim, só conhecia uma parte muito pequena. Nesta pequena parte ele havia encontrado ingleses, caravanas, guerras de clãs e um oásis com cinquenta mil tamareiras e trezentos poços.

— O que você quer aqui hoje? — perguntou o deserto. — Já não nos contemplamos o suficiente ontem?

— Em algum ponto você guarda a pessoa que eu amo — disse o rapaz. — Então, quando olho suas areias, contemplo também a ela. Quero voltar para ela e preciso de sua ajuda para transformar-me em vento.

— O que é o amor? — perguntou o deserto.

— O amor é quando o falcão voa sobre suas areias. Porque, para ele, você é um campo verde e ele nunca voltou sem caça. Ele conhece suas rochas, suas dunas e suas montanhas, e você é generoso com ele.

— O bico do falcão tira pedaços de mim — disse o deserto. — Durante anos eu cultivo sua caça, alimento-a com a pouca água que tenho, mostro onde está a comida. E um dia desce o falcão do céu, justamente quando eu ia sentir o carinho da caça sobre minhas areias. Ele carrega aquilo que eu criei.

— Mas foi para isso que você criou a caça — respondeu o rapaz. — Para alimentar o falcão. E o falcão alimentará o homem. E o homem então alimentará um dia tuas areias, de onde a caça tornará a surgir. Assim move-se o mundo.

— É isso o Amor?

— É isso o Amor. É o que faz a caça transformar-se em falcão, o falcão em homem e o homem de novo em deserto. É isso que faz o chumbo transformar-se em ouro; e o ouro voltar a esconder-se sob a terra.

— Não entendo suas palavras — disse o deserto.

— Então entenda que, em algum lugar de suas areias, uma mulher me espera. E para isso tenho que me transformar em vento.

O deserto ficou em silêncio por alguns instantes.

— Eu lhe dou minhas areias para que o vento possa soprar. Mas, sozinho, não posso fazer nada. Peça ajuda ao vento.

Uma pequena brisa começou a soprar. Os comandantes olhavam o rapaz ao longe, falando uma linguagem que eles não conheciam.

O Alquimista sorria.

O vento chegou perto do rapaz e tocou seu rosto. Havia escutado sua conversa com o deserto, porque os ventos sempre conhecem tudo. Percorriam o mundo sem um lugar onde nascer e sem um lugar onde morrer.

— Me ajude — disse o rapaz ao vento. — Certo dia escutei em você a voz da minha amada.

— Quem lhe ensinou a falar a linguagem do deserto e do vento?

— Meu coração — respondeu o rapaz.

O vento tinha muitos nomes. Ali ele era chamado de Siroco, porque os árabes acreditavam que ele vinha das terras cobertas de água, onde habitavam homens negros. Na terra distante de onde vinha o rapaz, eles o chamavam de Levante, porque acreditavam que trazia as areias do deserto e os gritos de guerra dos mouros. Talvez num lugar mais distante dos campos de ovelhas, os homens pensassem que o vento nascia na Andaluzia. Mas o vento não vinha de lugar nenhum e não ia para lugar nenhum, e por isso era mais forte que o deserto. Um dia eles poderiam plantar árvores no deserto e até mesmo criar ovelhas, mas jamais iriam conseguir dominar o vento.

— Você não pode ser o vento — disse o vento. — Somos de naturezas diferentes.

— Não é verdade — retrucou o rapaz. — Conheci os segredos da Alquimia enquanto vagava pelo mundo com você. Tenho em mim os ventos, os desertos, os oceanos, as estrelas e tudo o que foi criado no Universo. Fomos feitos pela mesma Mão e temos a mesma Alma. Quero ser como você, penetrar em todos os cantos, atravessar os mares, tirar a areia que cobre meu tesouro, trazer para perto a voz de minha amada.

— Ouvi sua conversa com o Alquimista outro dia — disse o vento. — Ele falou que cada coisa tem sua Lenda Pessoal. As pessoas não podem se transformar em vento.

— Me ensine a ser vento por alguns instantes — pediu o rapaz. — Para que possamos conversar sobre as possibilidades ilimitadas dos homens e dos ventos.

O vento era curioso e aquilo era uma coisa que ele não conhecia. Gostaria de conversar sobre aquele assunto, mas não sabia como transformar homens em vento. E olha que ele conhecia tanta coisa! Construía desertos, afundava navios, derrubava florestas inteiras e passeava por cidades cheias de música e de ruídos estranhos. Achava que era ilimitado e, no entanto, ali estava um rapaz dizendo que ainda havia mais coisas que um vento podia fazer.

— É isso que chamam de Amor — disse o rapaz, ao ver que o vento estava quase cedendo ao seu pedido. — Quando se ama é que se consegue ser qualquer coisa da Criação. Quando amamos, não temos necessidade alguma de entender o que acontece, porque tudo passa a acontecer dentro de nós, e os homens podem se transformar em vento. Desde que os ventos ajudem, é claro.

O vento era muito orgulhoso e ficou irritado com o que dizia o rapaz. Começou a soprar com mais velocidade, levantando as areias do deserto. Mas finalmente teve de reconhecer que, mesmo havendo percorrido o mundo inteiro, não sabia como transformar homens em vento. E não conhecia o Amor.

— Enquanto passeava pelo mundo, notei que muitas pessoas falavam de Amor olhando para o céu — disse o vento, furioso por ter que aceitar suas limitações. — Talvez seja melhor perguntar ao céu.

— Então me ajude — pediu o rapaz. — Encha este lugar de poeira, para que eu possa olhar o sol sem ficar cego.

O vento então soprou com muita força e o céu ficou cheio de areia, deixando apenas um disco dourado no lugar do sol.

No acampamento estava ficando difícil de enxergar. Os homens do deserto já conheciam aquele vento. Chamava-se Simum e era pior que uma tempestade no mar — porque eles não conheciam o mar. Os cavalos relinchavam e as armas começaram a ficar cobertas de areia.

No rochedo, um dos comandantes virou-se para o General e disse:

— Talvez seja melhor pararmos com isto.

Eles já quase não podiam enxergar o rapaz. Os rostos estavam cobertos pelos lenços azuis e os olhos agora expressavam apenas espanto.

— Vamos parar com isto — insistiu outro comandante.

— Quero ver a grandeza de Allah — disse com respeito o General. — Quero ver como os homens se transformam em vento.

Mas anotou mentalmente o nome dos dois homens que haviam tido medo. Assim que o vento parasse, ia destituí-los de seus comandos, porque os homens do deserto não sentem medo.

— O vento me disse que você conhece o Amor — declarou o rapaz ao Sol. — Se você conhece o Amor, conhece também a Alma do Mundo, que é feita de Amor.

— Daqui de onde estou — disse o Sol — posso ver a Alma do Mundo. Ela se comunica com minha alma, e nós, juntos, fazemos as plantas crescerem e as ovelhas caminharem em busca de sombra. Daqui de onde estou — e estou muito longe do mundo — aprendi a amar. Sei que, se eu me aproximar um pouco mais da Terra, tudo o que está nela morrerá e a Alma do Mundo deixará de existir. Então nos contemplamos e nos queremos; eu lhe dou vida e calor, e ela me dá uma razão para viver.

— Você conhece o Amor — disse o rapaz.

— E conheço a Alma do Mundo, porque conversamos muito nesta viagem sem fim pelo Universo. Ela me fala que seu maior problema é que, até hoje, só os minerais e os vegetais entenderam que tudo é uma coisa só. E para isso não precisa que o ferro seja igual ao cobre, nem que o cobre seja igual ao ouro. Cada um cumpre sua função exata nessa coisa única, e tudo seria uma Sinfonia de Paz se a Mão que escreveu tudo isto tivesse parado no quinto dia da Criação.

"Mas houve um sexto dia", disse o Sol.

— Você é sábio porque vê tudo a distância — respondeu o rapaz. — Mas não conhece o Amor. Se não houvesse um sexto dia da Criação, não haveria o homem, e o cobre seria sempre cobre, e o chumbo seria sempre chumbo. Cada um tem sua Lenda Pessoal, é verdade, mas um dia essa Lenda Pessoal será cumprida. Então é preciso transformar-se em algo melhor e ter uma nova Lenda Pessoal, até que a Alma do Mundo seja realmente uma coisa só.

O Sol ficou pensativo e resolveu brilhar mais forte. O vento, que estava gostando da conversa, soprou também mais forte, para que o Sol não cegasse o rapaz.

— Para isso existe a Alquimia — disse o rapaz. — Para que cada homem busque seu tesouro e o encontre, e depois queira ser melhor do que foi na sua vida anterior. O chumbo cumprirá seu papel até que o mundo não precise mais de chumbo; então ele terá de transformar-se em ouro.

"Os alquimistas fazem isso. Mostram que, quando buscamos ser melhores do que somos, tudo em volta se torna melhor também."

— E por que você diz que eu não conheço o Amor? — perguntou o Sol.

— Porque o amor não é estar parado como o deserto, nem correr o mundo como o vento, nem ver tudo de longe, como você. O Amor é a força que transforma e melhora a Alma do Mundo. Quando penetrei nela pela primeira vez, achei que fosse perfeita. Mas depois vi que ela era um reflexo de todas as criaturas, e tinha suas guerras e paixões. Somos nós que alimentamos a Alma do Mundo, e a terra onde vivemos será melhor ou pior se formos melhores ou piores. Aí é que entra a força do Amor, porque, quando amamos, sempre desejamos ser melhores do que somos.

— O que você quer de mim? — perguntou o Sol.

— Que me ajude a me transformar em vento — respondeu o rapaz.

— A Natureza me conhece como a mais sábia de todas as criaturas — disse o Sol. — Mas não sei como transformá-lo em vento.

— Com quem devo falar, então?

Por um momento o Sol ficou quieto. O vento estava ouvindo, e ia espalhar por todo o mundo que sua sabedoria era limitada. Entretanto não tinha jeito de fugir daquele rapaz, que falava a Linguagem do Mundo.

— Converse com a Mão que escreveu tudo — aconselhou o Sol.

O vento gritou de contentamento e soprou com mais força do que nunca. As tendas começaram a ser arrancadas da areia e os animais soltaram-se de suas rédeas. No rochedo, os homens se agarravam uns aos outros para não serem atirados longe.

O rapaz se virou então para a Mão que Tudo Havia Escrito. E, em vez de falar qualquer coisa, sentiu que o Universo ficava em silêncio, e ficou em silêncio também.

Uma força de Amor jorrou de seu coração e ele começou a rezar. Era uma oração que nunca tinha feito antes, porque era uma oração sem palavras ou sem pedidos. Não estava agradecendo pelas ovelhas haverem encontrado um pasto, nem implorando para vender mais cristais, nem rogando que a mulher que havia encontrado estivesse esperando sua volta. No silêncio que se seguiu, o rapaz entendeu que o deserto, o vento e o Sol também buscavam os sinais que aquela Mão havia escrito e procuravam cumprir seus caminhos e entender o que estava escrito numa simples esmeralda. Sabia que aqueles sinais estavam espalhados na Terra e no espaço, e que em sua aparência não tinham qualquer motivo ou significado, e que nem os desertos, nem os ventos, nem os sóis, nem os homens sabiam por que tinham sido criados. Mas aquela Mão tinha um motivo para tudo isso e só ela era capaz de operar milagres, de transformar oceanos em desertos e homens em vento. Porque só ela entendia que um desígnio maior empurrava o Universo a um ponto onde os seis dias da criação se transformariam na Grande Obra.

E o rapaz mergulhou na Alma do Mundo, e viu que a Alma do Mundo era a parte da Alma de Deus, e viu que a Alma de Deus era a sua própria alma. E que podia, então, realizar milagres.

O SIMUM SOPROU naquele dia como jamais havia soprado. Durante muitas gerações os árabes contaram entre si a lenda de um rapaz que havia se transformado em vento, quase destruído um acampamento militar e desafiado o poder do mais importante general do deserto.

Quando o Simum parou de soprar, todos olharam para o lugar onde antes se encontrava o rapaz. Ele não estava mais lá; estava junto a um sentinela quase coberto de areia que vigiava o outro lado do acampamento.

Os homens estavam apavorados com a bruxaria. Só duas pessoas sorriam: o Alquimista, porque tinha encontrado seu discípulo, e o General, porque o discípulo tinha entendido a glória de Deus.

No dia seguinte, o General despediu-se do rapaz e do Alquimista e pediu que uma escolta os acompanhasse até onde os dois quisessem.

Caminharam o dia inteiro. Quando estava entardecendo, chegaram a um mosteiro copta. O Alquimista dispensou a escolta e desceu do cavalo.

— Daqui para a frente você vai sozinho — determinou o Alquimista. — São apenas três horas até as Pirâmides.

— Obrigado — disse o rapaz. — Você me ensinou a Linguagem do Mundo.

— Eu apenas recordei o que você já sabia.

O Alquimista bateu à porta do mosteiro. Um monge todo vestido de preto veio atender. Conversaram alguma coisa em copta e o Alquimista convidou o rapaz para entrar.

— Pedi que me emprestasse um pouco a cozinha — disse ele.

Foram até a cozinha do mosteiro. O Alquimista acendeu o fogo e o monge trouxe um pouco de chumbo, que o Alquimista derreteu dentro de uma panela de ferro. Quando o chumbo tinha virado líquido, o Alquimista tirou do seu saco aquele estranho ovo de vidro amarelado. Raspou uma camada do tamanho de um fio de cabelo, envolveu-o em cera e atirou na panela com o chumbo.

A mistura ganhou uma cor vermelha como o sangue. O Alquimista então tirou a panela do fogo e a deixou esfriar. Enquanto isso, conversava com o monge a respeito da guerra dos clãs.

— Deve durar muito — disse ele ao monge.

O monge estava aborrecido. Fazia tempo que as caravanas estavam paradas em Gizeh, esperando que a guerra acabasse. "Mas seja feita a vontade de Deus", afirmou o monge.

— Exatamente — respondeu o Alquimista.

Quando a panela acabou de esfriar, o monge e o rapaz olharam deslumbrados. O chumbo tinha secado na forma circular da panela, mas já não era mais chumbo. Era ouro.

— Aprenderei a fazer isto um dia? — perguntou o rapaz.

— Esta foi minha Lenda Pessoal, e não a sua — respondeu o Alquimista. — Mas queria lhe mostrar que é possível.

Caminharam de novo até a porta do convento. Ali, o Alquimista dividiu o disco em quatro partes.

— Esta é para você — disse ele, estendendo uma parte para o monge. — Por sua generosidade com os peregrinos.

— Estou recebendo um pagamento além da minha generosidade — respondeu o monge.

— Jamais repita isso. A vida pode escutar e lhe dar menos da próxima vez.

Depois se aproximou do rapaz.

— Esta é para você. Para pagar o que deixou com o General.

O rapaz ia dizer que era muito mais do que havia deixado com o General. Mas ficou quieto, porque tinha ouvido o comentário do Alquimista com o monge...

— Esta é para mim — disse o Alquimista, guardando uma parte. — Porque tenho que voltar pelo deserto e existe uma guerra entre os clãs.

Então pegou o quarto pedaço e deu de novo para o monge.

— Esta é para o rapaz. Caso ele necessite.

— Mas estou indo em busca do meu tesouro — assegurou o rapaz. — Estou perto dele agora!

— E tenho certeza de que irá encontrá-lo — falou o Alquimista.

— Então por que isto?

— Porque você já perdeu duas vezes, com o ladrão e com o General, o dinheiro que ganhou em sua viagem. Eu sou um velho árabe supersticioso que acredita nos provérbios de minha terra. E existe um provérbio que diz:

“Tudo o que acontece uma vez, pode nunca mais acontecer. Mas tudo o que acontece duas vezes, acontecerá certamente uma terceira.”

Montaram em seus cavalos.

— Quero lhe contar uma história sobre sonhos — disse o Alquimista.

O rapaz aproximou seu cavalo.

— Na Roma antiga, na época do imperador Tibério, vivia um homem muito bom, que tinha dois filhos: um era militar e, quando entrou para o exército, foi enviado para as mais distantes regiões do Império. O outro filho era poeta e encantava toda Roma com seus belos versos.

"Certa noite, o velho teve um sonho. Um anjo lhe aparecia para dizer que as palavras de um de seus filhos seriam conhecidas e repetidas no mundo inteiro, por todas as gerações vindouras. O velho homem acordou agradecido e chorando naquela noite, porque a vida era generosa e havia lhe revelado uma coisa que qualquer pai teria orgulho de saber.

"Pouco tempo depois, o velho morreu ao tentar salvar uma criança que ia ser esmagada pelas rodas de uma carruagem. Como tinha se comportado de maneira correta e justa por toda a sua vida, foi direto para o céu e encontrou-se com o anjo que havia aparecido em seu sonho.

“— Você foi um homem bom — disse-lhe o anjo. — Viveu sua existência com amor e morreu com dignidade. Posso realizar agora qualquer desejo que tenha.

“— A vida também foi boa para mim — respondeu o velho. — Quando você apareceu em um sonho, senti que todos os meus esforços estavam justificados. Porque os versos de meu filho ficarão entre os homens pelos séculos vindouros. Nada tenho a pedir em meu benefício; entretanto, todo pai se orgulharia de ver a fama de alguém que ele cuidou quando criança e educou quando jovem. Gostaria de ver, no futuro distante, as palavras do meu filho.

“O anjo tocou no ombro do velho e os dois foram projetados para um futuro distante. Em volta deles apareceu um lugar imenso, com milhares de pessoas que falavam uma língua estranha.

“O velho chorou de alegria.

“— Eu sabia que os versos do meu filho poeta eram bons e imortais — disse para o anjo, entre lágrimas. — Gostaria que você me dissesse qual de suas poesias essas pessoas estão repetindo.

“O anjo então se aproximou do velho com carinho e sentaram-se num dos bancos que havia naquele imenso lugar.

“— Os versos de seu filho poeta foram muito populares em Roma — disse o anjo. — Todos gostavam deles e se divertiam ao lê-los. Mas, quando o reinado de Tibério acabou, seus versos também foram esquecidos. Essas palavras são de seu filho que entrou para o exército.

"O velho olhou surpreso para o anjo.

"— Seu filho foi servir num lugar distante e tornou-se centurião. Era também um homem justo e bom. Certa tarde, um dos seus servos ficou doente e estava para morrer. Seu filho, então, ouviu falar de um Rabi que curava os doentes e andou dias e dias em busca desse homem. Enquanto caminhava, descobriu que o homem que estava procurando era o Filho de Deus. Encontrou outras pessoas que haviam sido curadas por ele, aprendeu seus ensinamentos e, mesmo sendo um centurião romano, converteu-se à sua fé. Até que, certa manhã, chegou perto do Rabi. Contou-lhe que havia um servo doente. E o Rabi se prontificou a ir até sua casa. Mas o centurião era um homem de fé e, olhando no fundo dos olhos do Rabi, compreendeu que estava mesmo diante do Filho de Deus, quando as pessoas em volta deles se levantaram.

"— Estas são as palavras de seu filho — disse o anjo ao velho. — São as palavras que ele disse ao Rabi naquele momento e que nunca mais foram esquecidas. Dizem: 'Senhor, eu não sou digno que entreis em minha casa, mas dizei uma só palavra e meu servo será salvo'."

O Alquimista moveu seu cavalo.

— Não importa o que faça, cada pessoa na Terra está sempre representando o papel principal da História do Mundo — disse ele. — E normalmente não sabe disso.

O rapaz sorriu. Nunca havia pensado que a vida pudesse ser tão importante para um pastor.

— Adeus — disse o Alquimista.

— Adeus — respondeu o rapaz.

O RAPAZ CAMINHOU duas horas e meia pelo deserto, procurando escutar atentamente o que seu coração dizia. Era ele que iria revelar o local exato onde o tesouro estava escondido.

"Onde estiver seu tesouro, ali estará também o seu coração", dissera o Alquimista.

Mas seu coração falava em outras coisas. Contava com orgulho a história de um pastor que havia deixado suas ovelhas para seguir um sonho que se repetiu duas noites. Contava da Lenda Pessoal e de muitos homens que fizeram isso, que foram em busca de terras distantes ou de mulheres bonitas, enfrentando os homens de sua época com seus preconceitos e conceitos. Falou durante todo aquele tempo de viagens, de descobertas, de livros e de grandes mudanças.

Quando ia começar a subir uma duna — e só naquele momento—, seu coração sussurrou ao seu ouvido "esteja atento para o lugar onde você chorar. Porque nesse lugar estou eu, e nesse lugar está seu tesouro".

O rapaz começou a subir a duna lentamente. O céu, coberto de estrelas, mostrava de novo uma lua cheia; havia caminhado um mês pelo deserto. A lua iluminava também a duna, num jogo de sombras que fazia com que o deserto parecesse um mar cheio de ondas e fazia com que o rapaz se lembrasse do dia em que soltara livremente um cavalo pelo deserto, dando um bom sinal ao Alquimista. Finalmente a lua iluminava o silêncio do deserto e a jornada que fazem os homens que buscam tesouros.

Quando, depois de alguns minutos, chegou ao topo da duna, seu coração deu um salto. Iluminadas pela luz da lua cheia e pelo branco do deserto, erguiam-se majestosas e solenes as Pirâmides do Egito.

O rapaz caiu de joelhos e chorou. Agradecia a Deus por haver acreditado em sua Lenda Pessoal e por ter encontrado certo dia um rei, um mercador, um inglês e um alquimista. Sobretudo, por haver encontrado uma mulher do deserto, que o tinha feito entender que o Amor jamais vai separar o homem de sua Lenda Pessoal.

Os muitos séculos das Pirâmides do Egito contemplavam, do alto, o rapaz. Se ele quisesse, podia agora voltar ao oásis, pegar Fátima e viver como simples pastor de ovelhas. Porque o Alquimista vivia no deserto, mesmo compreendendo a Linguagem do Mundo, mesmo sabendo transformar chumbo em ouro. Não tinha que mostrar a ninguém sua ciência e sua arte. Enquanto caminhava em direção à sua Lenda Pessoal, havia aprendido tudo de que precisava e vivido tudo o que tinha sonhado viver.

Mas tinha chegado ao seu tesouro, e uma obra só está completa quando o objetivo é atingido. Ali, naquela duna, o rapaz havia chorado. Olhou para o chão e viu que, no local onde caíram suas lágrimas, um escaravelho passeava. Durante o tempo que passara no deserto, tinha aprendido que, no Egito, os escaravelhos eram o símbolo de Deus.

Ali estava mais um sinal. E o rapaz começou a cavar, depois de lembrar-se do mercador de cristais; ninguém conseguiria ter uma Pirâmide no quintal, mesmo que amontoasse pedras por toda a vida.

Durante a noite inteira o rapaz cavou no lugar marcado, sem nada encontrar. Do alto das Pirâmides, os séculos o contemplavam em silêncio. Mas o rapaz não desistia: cavava e cavava, lutando com o vento, que muitas vezes tornava a trazer a areia de volta para o buraco. Suas mãos ficaram cansadas, depois feridas, mas o rapaz acreditava em seu coração. E seu coração dissera para cavar onde suas lágrimas caíssem.

De repente, quando tentava tirar algumas pedras que haviam aparecido, o rapaz ouviu passos. Algumas pessoas se aproximaram dele. Estavam contra a lua, e o rapaz não podia ver seus olhos, nem seus rostos.

— O que você está fazendo aí? — perguntou um dos vultos.

O rapaz não respondeu. Mas sentiu medo. Tinha agora um tesouro para desenterrar, e por isso tinha medo.

— Somos refugiados da guerra dos clãs — disse outro vulto. — Precisamos saber o que você esconde aí. Precisamos de dinheiro.

— Não escondo nada — respondeu o rapaz.

Mas um dos recém-chegados agarrou-o e o puxou para fora do buraco. Outro começou a revistar seus bolsos. E encontraram o pedaço de ouro.

— Ele tem ouro — disse um dos salteadores.

A lua iluminou a face de quem o estava revistando, e ele viu, em seus olhos, a morte.

— Deve haver mais ouro escondido no chão — disse outro.

E obrigaram o rapaz a cavar. O rapaz continuou cavando sem nada encontrar. Então começaram a bater no rapaz. Eles o espancaram até que aparecessem no céu os primeiros raios de sol. Sua roupa ficou em frangalhos e ele sentiu que a morte estava próxima.

"De que adianta o dinheiro, se tiver que morrer? Poucas vezes o dinheiro é capaz de livrar alguém da morte", dissera o Alquimista.

— Estou procurando um tesouro! — gritou finalmente o rapaz. E, mesmo com a boca ferida e inchada de pancadas, contou aos salteadores que havia sonhado duas vezes com um tesouro escondido junto das Pirâmides do Egito.

O que parecia o chefe ficou um longo tempo em silêncio. Depois falou com um deles:

— Pode deixá-lo. Ele não tem mais nada. Deve ter roubado este ouro.

O rapaz caiu com o rosto na areia. Dois olhos procuraram os seus; era o chefe dos salteadores. Mas o rapaz estava olhando as Pirâmides.

— Vamos embora — disse o chefe para os outros.

Depois, virou-se para o rapaz:

— Você não vai morrer — disse. — Vai viver e aprender que o homem não pode ser tão estúpido. Aí, neste lugar onde você está, eu também tive um sonho repetido há quase dois anos. Sonhei que devia ir até os campos da Espanha, buscar uma igreja em ruínas onde os pastores costumavam dormir com suas ovelhas e na qual havia um sicômoro crescendo dentro da sacristia; se eu cavasse na raiz desse sicômoro, haveria de encontrar um tesouro escondido. Mas não sou estúpido de cruzar um deserto só porque tive um sonho repetido.

Depois foi embora.

O rapaz levantou-se com dificuldade e olhou mais uma vez para as Pirâmides. Estas sorriram para ele e ele sorriu de volta, com o coração repleto de felicidade.

Havia encontrado o tesouro.

Palavras finais

O rapaz chamava-se Santiago. Chegou à pequena igreja abandonada quando já estava quase anoitecendo. O sicômoro ainda continuava na sacristia, e ainda se podiam ver as estrelas através do teto semidestruído. Lembrou-se que certa vez havia estado ali com suas ovelhas e que tinha sido uma noite tranquila, exceto pelo sonho.

Agora ele estava sem o seu rebanho. Em vez disso, trazia uma pá.

Ficou muito tempo olhando o céu. Depois tirou do alforje uma garrafa de vinho e bebeu. Lembrou-se da noite no deserto, quando tinha também olhado as estrelas e bebido vinho com o Alquimista. Pensou nos muitos caminhos que tinha andado e na maneira estranha de Deus lhe mostrar o tesouro. Se não tivesse acreditado em sonhos repetidos, não teria encontrado a cigana, nem o rei, nem o salteador, nem... "Bom, a lista é muito grande. Mas o caminho estava escrito pelos sinais, e eu não tinha como errar", disse para si mesmo.

Dormiu sem perceber e, quando acordou, o sol já ia alto. Então começou a escavar a raiz do sicômoro.

"Velho bruxo", pensava o rapaz. "Você sabia de tudo. Deixou até mesmo um pouco de ouro para que eu pudesse voltar até esta igreja. O monge riu quando me viu voltar em frangalhos. Não podia me poupar disso?"

"Não", ele escutou o vento dizer. "Se eu tivesse lhe contado, você não teria visto as Pirâmides. São muito bonitas, não acha?"

Era a voz do Alquimista. O rapaz sorriu e continuou a cavar. Logo, a pá bateu em algo sólido. Uma hora depois ele tinha diante de si um baú cheio de velhas moedas de ouro espanholas. Havia também pedrarias, máscaras de ouro com penas brancas e vermelhas, ídolos de pedra cravejados de brilhantes. Peças de uma conquista da qual o país já não se lembrava há muito tempo e cujo conquistador se esquecera de contar aos filhos.

O rapaz tirou o Urim e o Tumim do alforje. Tinha utilizado as duas pedras apenas uma vez, quando estava, certa manhã, num mercado. A vida e o seu caminho estiveram sempre cheios de sinais.

Guardou o Urim e o Tumim no baú de ouro. Eram também parte de seu tesouro, porque lembravam um velho rei que jamais tornaria a encontrar.

"Realmente a vida é generosa com quem vive sua Lenda Pessoal", pensou o rapaz. Então se lembrou que tinha de ir até Tarifa e dar um décimo daquilo tudo para a cigana. "Como são espertos os ciganos", pensou. Talvez fosse porque viajavam tanto.

Mas o vento voltou a soprar. Era o Levante, o vento que vinha da África. Não trazia o cheiro do deserto, nem a ameaça de invasão dos mouros. Em vez disso, trazia um perfume que ele conhecia bem, e o som de um beijo — que veio vindo devagar, devagar, até parar em seus lábios.

O rapaz sorriu. Era a primeira vez que ela fazia isso.

— Estou indo, Fátima — disse ele.

TIPOGRAFIA Adriane por Marconi Lima

DIAGRAMAÇÃO Osmane Garcia Filho

PAPEL Pólen, Suzano S.A.

IMPRESSÃO Geográfica, agosto de 2025

FSC
www.fsc.org
MISTO
Papel | Apoiando o manejo florestal responsável
FSC® C019498

A marca FSC® é a garantia de que a madeira utilizada na fabricação do papel deste livro provém de florestas que foram gerenciadas de maneira ambientalmente correta, socialmente justa e economicamente viável, além de outras fontes de origem controlada.